JN172810

クラスで一番の彼女、実はボッチの俺の彼女です 2
ひとしきり腕をいじった後、神崎は俺の肩を枕にするように体を預けてきた。
「……篠宮の半袖姿、正直ギャップでやばい」

高校二年生
篠宮誠司
「……なんでここにいんの？」
「うちの店員にちょっかい出すの、やめてもらっていいですか？」
高校一年生
姫島かぐや

「撮影が早く終わったから、働いてる篠宮の様子を見ようと思ってね」

女性らしい曲線美が強調され、細身ながらもしなやかさを感じさせる肢体。露出した肌も布地と競っているかのように白い。

まるでワンピースを着る人間はこうでなくてはならないという、強かな理想像を体現しているようだった。

高校二年生
神崎琴音

月は自分の力では夜ですら輝けない。
まるで周りに合わせるわたしを
象徴しているかのようで
名前という名の鎖に繋げられて、
これは運命だから逃げられないって
言われてるみたいだったから。

クラスで一番の彼女、実はボッチの俺の彼女です２

七星 蛍

角川スニーカー文庫

22194

Class de ichiban-no Kanojo,
Jitsuha Bocchi-no ore-no Kanojo desu.

contents

口絵・本文イラスト　万冬しま
口絵・本文デザイン　林健太郎デザイン事務所

第一話❤伝わるものと伝えること

月曜の朝の教室。

クラスメイトが土日の出来事を友達と共有し合う中、俺は教室前方に掛けられた、八時十分を示す時計をぼーっと眺めていた。

二年になってからこの時間に来るのは初めてだ。やがて注意は秒針へと移り、その気の遠くなるような進みの遅さにため息がこぼれた。

時間は誰に対しても平等だが、その流れの中に生きる俺たちはそう感じない。

楽しい、幸せ、もっと続いて欲しい。そう思うほど時を速く感じ、逆に苦しい、切ない、早く終わって欲しい。そう願うほど時は重くのしかかる。

要は時間というものは天邪鬼《あまのじゃく》なのだ。だからもし遅く感じたのなら、途方に暮れるのではなく、自分が楽しいと思うことをすればいい。気づけばあっという間にその途方は目の前だ。

俺はスマホに取り付けたイヤホンをそのまま耳に装着した。

まだ周りから会話は聞こえるが、俺が再生ボタンを押せばそこからは俺だけの世界が始まる。オラ、ワクワクすっぞ！

「おはよう、篠宮《しのみや》。今日は早いじゃない」

「……舞浜《まいはま》か。おはよう」

耳からイヤホンを外して机に置いた。残念なことに今日のスペシャルライブは中止だ。

「なんか露骨に嫌がったわよね？」

「気のせいだ」

「ふーん……まあいいわ。それよりどうしてこの時間に？」

「妹に、せっかく珍しく早起きしたんだから、早く学校行けって家追い出された」

「そこまで嫌われてんの？」

「……まあ受験生で勉強を強いられてる分、一人の時間を有意義に使いたいんだろ」

俺が答えると舞浜はそれ以上の追及はせず、代わりに「へー」と生返事をした。自分から聞いてきたくせに飽きが早すぎるだろ。「今日はいい天気だね」から始まる会話レベルで中身なかったぞ。

でもまあ、それは俺にも言えることか。虚構なんかに中身はあるはずない。

「そういうお前は神崎《かんざき》と一緒じゃないのな」

前方の空席を見ながら訊《たず》ねる。すると意外な回答が返ってきた。

「あの子とはいつも別々だけど？」

舞浜はあっけらかんとそう言ってから、我が物顔で俺の隣の席に腰掛けて続ける。

「わざわざ待ち合わせなんて拘束みたいなもんじゃない。どうせ学校で会えるんだし、朝くらいはのんびり歩きたいわ」

話し終わってから、足を組んで「まあ途中で会えば一緒に来るけどー」と呑気《のんき》な声で付け足した。

拘束……か。舞浜は何気なく口にした言葉だろうが、それが妙に俺には腑《ふ》に落ちた。

一人というのは楽だ。何をするかも、どこに行くかも自分次第。そこで揉《も》めることがないのだから、時間だって無駄にならない。

いわば空を自由に羽ばたくのは鳥、地を思うがまま闊歩《かっぽ》するのはボッチというわけだ。

富とか名誉は欲しいが、友達よりは翼が欲しい。

「でも今日は珍しく遅いわね、あの子。いつもなら、この時間には来てるのに……」

神崎の座席を見つめるその目に不安が宿る。なんだかんだ、こいつは思いやりのあるやつだ。色々あった先週のことを鑑みて、余計な心配をしてしまうのも無理はない。まあ、その思いやりが神崎にしか向いていないのが難点と言えば難点なのだが。

「――僕としては、お前たち二人組の方が珍しいけどな」

低音ボイスに二人して振り返る。すうっと通った鼻梁《びりょう》に、キリッとした目付きのクールという言葉が似合いそうな男子生徒だ。

……誰？　視線で舞浜に問うも気づいてもらえない。上級者テクニックだから無理もないか。クラスメイトの名前を憶《おぼ》えるのは達人向け。（個人差あり）

「おはよう。舞浜も……篠宮も」

やだ……名前憶えてくれてる……！　感動と同時に罪悪感を覚えてしまう。

にこりと笑顔を向けられたので、ぺこりと会釈で返した。本能的にこいつには勝てないっぽい。

「おはよう、怜斗《れいと》。で、あたしたちが珍しいってどういうこと？」

「組み合わせが、だな。あと個人的に篠宮は寡黙なやつだと思ってたから」

驚いたと言わんばかりに、彼は微笑を浮かべる。無口だって別にいいだろうが。伝説の凄腕《すごうで》ポケモントレーナーだって喋《しゃべ》らないいんだぞ。秘伝技の要領で、感嘆符まで使いこなしてる。

それにしてもあれだな。こうして第三者がナチュラルに会話に入ってくると、抜けることができないのが辛《つら》い。いっそ幼稚園児みたいに「いーれーて」って言ってくれれば「だーめー」って返せるのに。社交辞令が身に付くのはむしろマイナスだったか……。

「こいつ、意外と喋るわよ」

余計なこと言うんじゃねえよ……！　横目で舞浜を睨《にら》むもやっぱり気づかない。

「知ってる。先週のお前たちを見てたからな」

「見てた？」

俺も舞浜と同じ疑問が浮かぶ。

彼はそれにすぐ答えることはせず、空いていた俺の後ろの席に腰掛けて一息ついた。落ち着いた雰囲気が様になっていて癪《しゃく》だ。

やがて周りの目を気にする素振りをしてから、彼は口を開く。

「実は先週から気になってたんだが、二人は……もしかして付き合ってるのか？」

俺と舞浜は互いに顔を見合わせた。そして質問を嚙《か》み砕《くだ》く。つきあってる……？　俺と、舞浜が……？

「「はっ⁉」」

内容を咀嚼《そしゃく》して、俺たちはもう一度勢いよく彼を見る。

俺たちの食いつきの良さが気に入ったのか、その口元は愉快そうに緩む。

「前まで話す素振りを見せなかった二人が、ある日を境に休み時間にちょくちょく話すようになった。根拠としては十分だが……どうだ？」

真相を確かめるべく、彼は自らが摑《つか》んだ証拠かのように叩《たた》きつけてきた。真偽を問うているにしては随分挑戦的な目をする。

確かに彼の言う通り、俺と舞浜は先週からこうして話すようになった。しかしそれは神崎を助けるためにと築いた、協力関係がきっかけだ。情報を交換する必要があって言葉を交わしていただけで、疑惑を向けられているような関係だからではない。

……ただ、付き合っていない証明として今のを言えるかと問われればノーだ。やましくないからと詳しい事情を話したら、それはそれで今度は秘密裏に動いた意味がなくなる。

よってこの状況で俺たちが取れる行動は――。

「違うに決まってるじゃない。話すようになったのは、ただの気まぐれ。だいたい、誰がこいつと付き合うかっての」

否定することだけだ。その点で舞浜のとげとげしく冷めた感じは武器になる。俺にもその棘《とげ》が刺さってきてるけど。

なんかは余計だ。なんかは。

すると彼はふーっと大袈裟《おおげさ》に息を吐く。

「つまらない反応だな。もっと慌ててもいいのに」

「お生憎様《あいにく》、あんたの冗談にはもう慣れたわ」

「それは残念だ。からかい甲斐《がい》のある舞浜は、もう戻ってこないのか」

……俺すっかり蚊帳の外なんだけど。

一人にしないで……って元からボッチでした。

にしても、さっきの薄ら笑いとだいぶ温度差を感じるなあと眺めていると、不意に彼と目が合った。そして困惑した表情に。

「困ったな。僕はノーマルなんだけど」

「は？」

「え……あんた、そういう趣味だったの……？」

「ち、違う！　俺だってノーマルだわ！　男の笑顔にときめくわけないだろ！」

中性的な顔立ちならまだしも、こいつはれっきとしたイケメンだ。それはそれでむかつく。

「はは、やっぱりこういう反応をされた方が面白い」

「そうね。普段静かなやつだと余計に」

なーるほど。こいつらいい性格してやがる。俺じゃなかったら、今ごろトイレに逃げ込んでるぞ。

しかしまあ、イケメンにやられっぱなしというのは少々気に食わない。

「本題はなんだ？　まさか、俺と仲良くなろうと思って話しかけた……ってわけじゃないよな？」

「篠宮……？」

「クラスメイトなんだ。仲良くするのは別におかしいことではないと思うけど？」

確かに。本気で言っているのなら、それは俺も大歓迎だ。

でも気遣いは欲してない。

「このタイミングで俺と打ち解けようとするなんて怪しすぎるだろ。ギャグを披露したわけでも、歌を歌ったわけでもないんだからな」

こいつといると楽しい。こいつといると目立てる。こいつといるといじめられない。人と人との関係には少なからず、こうした互いの思惑や利益が潜んでいる。

稀《まれ》にその例に当てはまらない聖人君子みたいなやつもいるが、彼はそのタイプではない。

今までの彼と俺との関係性が何よりの証拠だ。

彼の目が少し真剣になった。いい顔だ。ずっとそれでいれば、黄色い声援に囲まれるだろうに。

「問題はなぜ俺と距離を縮めようとしたかだ」

初対面同様の彼に、率直に疑問をぶつける。

こいつが俺と仲良くするメリットはない。とすれば、その理由は本題に繋《つな》がるものなんだろう。

「ちょっと。さすがに考えすぎじゃない？　あんたのそれ、この場じゃ短所に――」

「舞浜に聞きたいことがあったんだ。だからこいつがいつもいるこの時間に、登校して来た」

答えを聞いたら、解き方が返ってきた。俺から舞浜に気遣う対象を変えたようだ。或《ある》いは、元からそうだったのかも。

「だってよ。この時間で察したりできなかったのか？」

話を振られると思っていなかったのか、舞浜の反応が遅れる。

「……怜斗の場合、いつも気まぐれだからわからないわよ」

「まあ、部活もそうだったからな。仕方ないと言えば仕方ない」

部活の話題……？　サッカー部なのか？

「それで、打ち解けようとした理由は……？」

やっぱり気になるか。

　ここは彼より俺が話した方が都合がいい。

「単純だ。部外者である俺を関係者にしようとした。街中ですれ違う他人に、いきなり世間話をするやつがいないのと同じだ」

　事実確認の意味を込めて彼をチラ見すると、首ではなく口を動かした。

「篠宮は意外と厄介だな」

「性格が悪いって、はっきり言っていいぞ」

「そうか？　僕はむしろ逆だと思うけど」

　ここでそうやって笑えるお前の方が、俺からしたら厄介だよ。

「そもそもお前は勘違いをしてる」

「僕？」

　笑みを貼《は》り付けた彼は自分のことを指さす。呼び方がわからないんだ、悪いな。

「部外者は部外者のままでいいんだ。最初から舞浜と話したいことがあるってオーラを出してくれれば、察して会話から抜けた」

　そう言って席から立ち上がる。

　我ながら、嫌味ったらしいやつだ。でも、スタートの仕方を間違えたんだ。現実にリセット機能は存在しない。

価値観が合わないから。考えが共有できないから。こうして場の空気は悪くなる。傷つける意図なんかないのに、勝手に周りは傷を負って、負い目を感じて、そして離れていく。ほら、やっぱり集団は枷《かせ》でしかない。

最終的に気まずくなるくらいなら、社交辞令なんて要らないかもな。

登校してきたクラスメイトとすれ違うように、俺は教室を後にする。この学校に通い始めて二年目だが、すべての施設を把握できているわけではない。幸い時間はたっぷりあるんだ。久方ぶりの学校探検と行こう。

朝のホームルームまでの探検時間。それは妙に長く感じた。

…………♥…………

がらがらと一人お馴染《なじ》みの部室に入室する。この音を聞くとサザエさんを思い出して、流れで「ただいまー」って言いそうになるから引き戸は危ない。うっかりクラスのでやかしたら、次の日から引きこもる自信あるぞ。

そう言えばサザエさんシンドロームなんて言葉もあったなー、なんて考えながらパイプ椅子を運んで自分の席にした。カバンを足元に置いてから伸びをする。

「ゴールデンウィーク……か」

部室に向かう前の教室の景色が頭に浮かぶ。放課後にクラスに残って複数人で駄弁《だべ》る、という光景自体は特段珍しくないが、そこらかしこのグループがその、目と鼻の先にある連休を話題にしていた。

それはきっと予定を立てるためだろう。

馴染みのメンバーと遊ぶ。お近づきになりたい人と出かける口実。そして埼玉県民特有の東京への挑戦。連休というのはそれらにうってつけだ。世間も経済のために、寛大に受け入れてくれるのだから。

しかし、ゴールデンだろうがシルバーだろうが、ボッチの場合は所詮メッキに過ぎない。遅寝遅起きになるくらいで、通常の休日となんら変わらない生活を送るだけだ。

……と去年までの俺なら言っていた。

「まあ、あいつだってクラスメイトとの予定があるだろ。声かけられてたし」

以前よりも周りとの距離を詰めたのだ。障害であった世界観の差がなくなったのだ。誰であろうと、高嶺《たかね》でなければその花に手を伸ばそうとする。きっと部室に来るのも遅れることだろう。

カバンから本を取り出そうとして、そしてやめた。今は読書の気分じゃない。

授業というのを長年受けていると、時々つまらなく感じる時がある。小学生のガキの頃は結果を出そうと、先生に褒められようと、無邪気に手を挙げ参加したというのに。きっとこれが賢くなるってことなんだろう。

一皮剝《ひとかわむ》けた俺はそういう時、黒板をぼーっと眺めながらイメージするのだ。

――最強の自分を。

謎のテロリスト集団が教室に襲撃。銃で脅迫する中、俺が一人颯爽《さっそう》と席から立ち上がり、巧みな話術としなやかな体をもって撃退する。そんな勇猛果敢な一幕を。

我ながら、完璧な妄想ができる自分が恐ろしくてたまらない。

「――どうしたの？　そんな楽しそうにして」

思考が途切れる。

視線を横にずらすと、覗《のぞ》き込むようにこちらを見ている神崎がいた。……神崎がいた。

「っ！　びっくりしたー……急に話しかけるなよ！　心臓止まるかと思ったわ」

「人を化け物みたいに言わないでよ」

のけ反る俺を見て神崎は不満げに言うと、席を用意する前にカバンを机に置いた。

「何考えてたの？」

「……別にいいだろ。ただの訓練だ」

「訓練？」

く、好奇心旺盛な……。それ以上踏み込むと身を滅ぼすぞ、俺が。

純粋さを感じさせるくりっとした目から視線を外す。ついでに話も逸《そ》らす。

「それよりお前、クラスのやつらに捕まってただろうが。いいのか、こんなに早くて」

もし無理矢理《むりやり》にでも抜けてきていたら、印象が悪い方向に傾いてしまう。

だが神崎は、俺の心配をよそにえへへと無邪気に笑った。

「篠宮に早く会いたかったから」

「あ、そう……」

なんでこういうことを照れずに言えるのこの子は！　逆に照れながら言われても、それはそれでダメージ受けそうだから困る。これがほんとの詰みであり、可愛《かわい》いの罪。

神崎はカバンから文庫を取り出して本棚へと向かう。金曜日に神崎が文芸部から借りて帰ったものだ。タイトルは『ジキルとハイド』。女子高生にしては、珍しいチョイスだ。

「それに全部お誘いで、ちゃんと断って来たから大丈夫だよ」

「断って……？」

神崎は本を元に戻すと、もう一度カバンを漁《あさ》る。

「はいこれ。ありがとね」

差し出されたのは『告白スペクタクル』。略称は『告スペ』。神崎に貸していたライトノベルだ。素直に受け取る。二冊の温度差がすごい。

神崎はパイプ椅子を俺の向かいに置き、席を用意した。

正直意外だった。神崎のことだからと、クラスメイトと約束をし、予定を立て、親睦を深めると予想していたから。……それをデートができないことを諦める口実としていたから。

「ねえ、篠宮」

「……なんだ？」

無意識に開いていた『告スペ』の口絵から、神崎へと視線を移す。

「ゴールデンウィーク……なんだけどさ」

控えめに神崎が口を開く。その様子からはどこか戸惑いを感じる。

急《せ》かさないように、いざ出てきた言葉を聞き逃さないように、ゆっくりと続きを待った。

しかし、先に耳に飛び込んできたのは戸を開ける無機質な音で。

「こんにちはー」

次いで聞こえた姫島《ひめじま》の声で、遠くに行ってしまっていたような意識が戻った。

「……ってお取込み中です？」

姫島は室内に入って立ち止まると、神崎と俺を順に交互に見てから小首を傾《かし》げた。空気読めるのか。意外だな。

「いや、なにもない」

「姫島さんこそ、今日は遅いね」

「クラスメイトと駄弁ってたんです」

かこんとパイプ椅子を開いて、姫島は俺の隣に座る。視界の端で神崎が眉をひそめた気がした。

「ねえ、先輩。連絡先交換しません？」

「連絡先……？　唐突だな、何のために？」

「連絡を取るためですよ。先週みたいに勝手に部活来ないとか困りますし」

「あー……それもそうか」

納得してスマホを取り出す。情報リテラシーが高すぎて、個人情報抜き取られるのかと身構えちゃったぜ。

「あ、神崎先輩知ってます？　この人、中学の頃、スマホ持ってなかったんですよ。なんなら携帯も。ありえないですよね〜」

「……ふーん」

「別にそのことはいいだろ。人それぞれだ」

世間ではスマホ所持者の低年齢化が進んでいるらしいが、ネットには負の一面もある。そこを踏まえれば、早ければいいというわけではない。あとなんで姫島は、わざわざ神崎に話を振ったの？

言動に不審がっていると姫島は右手を差し出してきた。先輩を犬扱いとは大きく出たな。

「わたしが操作しましょうか？」

「なんで？」

「先輩、機械音痴っぽいし」

「失礼なやつだな。あいにくパソコンは昔からいじってる」

「操作だいぶ違うじゃないですか……」

「大丈夫だよ、姫島さん。篠宮はそこまでスマホに不慣れってわけじゃないから」

「……そうなんですか？」

「いや、まあ……人並みには」

「一緒のクラスだからね。休み時間とか、たまにいじってるの見かけるよ」

……どうして嘘《うそ》つくのかな、神崎さん。俺基本、休み時間は読書と睡眠しかしてないよ？

「休み時間……？　先輩、ソシャゲとかやるタイプでしたっけ？」

「ばか、ニュースだよ！　今のご時世常にアンテナ張って情報を入手しなきゃ手遅れなんだぞ!?」

嘘がバレないように熱弁で誤魔化《ごまか》そうとしたら、オタク特有の早口みたいになってしまった。姫島が「うわ……」なんて呟《つぶや》きつつ、俺と数センチ距離を取ったのが地味に傷つく。

ちなみにこうなった元凶でもある神崎は、満足そうだった。彼氏の体裁を少しは気にして。

「……とりあえずそういうことだ。自分のは自分で操作する」

神崎とのラインがあることがバレたらめんどくさそうだし。

「りょーかいでーす」

そして二人でスマホをぽちぽちふりふりして、姫島のラインが追加された。何気に友達追加って文言が新鮮だ。

アイコンは夜空……だろうか。真っ暗な下地に星が散りばめられていて、作り物だとしてもどこか幻想的だ。

『よろしくでーす♪』

早速ウサギのスタンプと共にそんなメッセージが送られてきた。目の前にいる相手にわざわざ何やってんだ、こいつは。呆《あき》れてトーク画面を閉じた。

「ちょ、既読無視しないでくださいよ！」

「ちゃんと読んだし、把握もした」

「返信なかったら無視同然です！」

「ええ……めんどくさ」

圧に負け仕方なく『よろしく』とだけ打って返した。それで満足したのか、姫島はスマホをブレザーにしまう。おい、俺への返信がないんだけど。結局イタチごっこじゃねえか。

「ねえ、姫島さん。私とも交換しない？　一応部員だし」

「……まあ、いいですけど」

姫島は席を立って、とことこ神崎の方へ向かった。同じ動作を今度は第三者視点で眺める。やがて完了したようだ。

「おすすめのラノベとかあったら、どんどん紹介してくれていいからね」

「お財布事情とか、大丈夫です？」

「心配ないよ。最悪姫島さんに本自体を貸してもらうし」

「どちらにせよ、売り上げ貢献のために買ってもらいますから」

生々しい会話を終えて姫島はすたすた席に戻ってくる。その顔はどこか楽しそうだ。頬《ほお》はほころび、耳を澄ませば鼻歌でも聞こえてきそうな、そんな表情。

「ところで先輩、ゴールデンウィークって予定あります？」

「……どうだろうな」

姫島がここに来るのがもう少し遅かったら、俺が神崎の言葉の続きを待つのではなく迫っていたら、答える言葉も変わっていただろう。

「ないかもしれないし、あるかもしれない」

一瞬神崎を見て、気づけばそんなことを口に出していた。

「なんですか、その意味深な言い方。まあ、要は暇ってことですよね？」

「今のところはな」

「じゃあちょうどいいです。わたしとバイトしてください」

「……バイト？」

「親戚が大宮でカフェをやってるんですけど、人手不足みたいで。連休の間だけでも手伝って欲しいって頼まれたんです」

「なるほど……じゃない！　待て、どうしてそこで俺なんだよ⁉」

「おーノリツッコミ。だって暇って言ったじゃないですか」

「友達誘えばいいだろ。なんでわざわざ休みの日に労働しなきゃいけないんだ。ボランティアじゃないんだぞ」

俺が言うと、姫島が表情を曇らせる。そして伏し目がちに言葉を紡いだ。

「誘ったんですけど、全員にそう言って断られました」

「…………」

みんな気持ちは一緒ってわけか。

しかし責められるものでもないのは事実だ。仮に嫌な気持ちを押し殺して、手を貸すと言ってくれたやつがいたとしても、それが正解だと断言はできないから。やはり友達の在り方というのは謎で摑《つか》みどころがない。

「……わかった。そういうことなら、手伝う」

「……いいんですか？」

「応援を頼まれてるくらいだ。お前一人でっていうのは酷だろ」

「ありがとう……ございます」

いつものテンションがあれだから、こうして急にしおらしくなられると対応に困る。

どうしたもんかと言葉に詰まっていると、

「この学校って基本はバイト駄目だよね？　例外的措置があるの？」

神崎が姫島を見てそう訊《たず》ねた。

姫島は「あ、それは……」とカバンを漁って中からプリントを二枚取り出した。

「申請書です。これに必要事項を書いて提出すれば、連休とか夏休みのバイトが認められます」

「初めて聞いたな。そんなものが……」

二枚の内、白紙でない方を手に取った。どうやら姫島が先に記入を済ませたもののようだ。クラスや名前等個人を特定する項目はもちろんのこと、緊急時の対策だろう、バイト先の所在地を書く欄もある。

「先輩はこっちにお願いします。終わったら一緒に職員室に提出です」

「………」

姫島が机の上を滑らせて、渡してきた白紙のプリント。どうにも手を伸ばすのを躊躇《ためら》ってしまう。

「早く書いて、行ってきちゃいなよ」

「そう、だな」

神崎の言葉が追い風で、後押しで、追い打ちだった。申請書を手元に引き寄せて、ボールペンを握る。

神崎が今、何を思っているのかはわからない。でも考え始めれば、きっと沼にはまってしまう。すれ違いはなにも集団限定で起こるものではないのだ。

この場で吐露できない言葉と思いを押しとどめて、代わりにペンを紙面に走らせた。


俺と姫島は二人で職員室に訪れた。と言っても、どうやら申請書の提出先は各々の担任らしいので、彼女と別れて俺の担任のもとに向かう。

「糸井《いとい》先生」

「ん？　お、篠宮か」

先生は肩越しに俺を確認すると、デスクチェアごと振り返った。

「反省文でも出しに来たのか？」

「まず反省するようなことをしてないんですが……」

他に何か言われる前にと、申請書を手渡す。それを一通り眺めてから、先生は俺を見据えた。

「ふむ……バイトをするのか？　お前が？」

「まあ。代理提出を頼まれるような友達はいないですし」

「しかし労働を頼まれるような後輩はいると」

先生の視線の先には自らの担任と話す姫島の姿が。……どうしてわかったんだ？　申請書には、よくある塾の紹介キャンペーンのように、誘ってくれた人物を書くスペースはなかったはずだ。

「タイミングと部活動の一致。推測はそれほど難しいものじゃない」

彼女たちから視線を外すと、先生はふっと不敵に笑う。気分は名探偵ってところか。ちょっと自分に酔ってませんかね……。

「しかし、どういう風の吹き回しだ？　お前は学生のうちに働くことには、あまり意欲的ではなかっただろ」

「小遣いのほかにお金が欲しくなっただけですよ。金は天下の回り物といっても、働かなければそもそも回ってきませんから」

先生はしばらく俺をじっと見つめていたが、やがて飽きたのか「はあ……」と割と重めなため息をついた。

「現実思考なのは構わないが、もう少し夢を見たまえ、夢を。働かないでも食っていけるのが一番だろう」

「教師がそれでいいんですか……」

「無論、私はこの仕事を案外気に入っている。手放す気はないよ。ただ、お前みたいに可能性が無限にあるうちは、そういうことを考えても許されるということだ。クラーク博士も言っているだろう、『少年よ、大志を抱け』とな」

「俺はボーイズビーアンビシャスの方がかっこよくて好きですけどね」

「発音がダメダメだな。英語の塚本《つかもと》先生に告げ口しておく」

そう言ってからかうように笑うと、デスクの上に俺の申請書を置いた。承諾した、ということなんだろう。

「終わりました、先輩？」

声に振り返ると、姫島……と教師らしき女性がいた。制服であったとしたら、生徒と区別が付かなそうな雰囲気だ。

「篠宮くん……かな？」

「え、あ、はい……」

色素が薄いロングヘアーに、垂れ目がちでのんびりとした印象を受ける目。口元は常ににこにこしていて、愛嬌《あいきょう》を感じる。簡単に言えば、ほとんどの男の好みに当てはまるであろう容姿をしている。

思わずのけ反るも、彼女は構うことなく距離を詰めてきて、あろうことか両手で俺の手を握った。うわ、あったか……。

「わたし、姫島さんのクラスの担任の絹川愛海《きぬがわまなみ》です。バイトのことだけど——あたっ」

ぱこんという音がして、絹川先生は俺の手を放して頭を抱える。横を見ると、書類らしきものをまとめた筒を手に持つ糸井先生が。

「な、何するの〜……」

「お前は生徒との距離が近いっていつも言ってるだろ。こんな感じで純情ボーイに勘違いされるぞ」

筒が俺に向く。どこが勘違いしてるんだよ。至って冷静だわ。

「……先輩、顔赤いんですけど」

「……元々こういう顔なんだよ」

姫島のジト目から逃れ、教師二人の方を向く。彼女らの雰囲気は、仕事仲間にしては親しげなものに感じる。

「結構仲良さげですが、先生たちはどういう関係なんです？」

姫島も疑問に思ったのだろう。糸井先生が反応した。

「大学時代の後輩なんだ」

「へー、絹川先生の方が若いんですね」

「ほう……今なんと？」

糸井先生から睨《にら》みが飛んできた。やべ、口がすべった。

「先生童顔ですから同い年にしか見えないですね！」

「まず若いとか言って比べるほどの年の差じゃないじゃないですか……」

俺の訂正に姫島がため息交じりに呟《つぶや》いた。いいや、お前はわかってない。なにせ小学六年生が小学二年生に「おじさん」って声かけられることもあるぐらいだからな。縦割り活動なんて碌《ろく》なものじゃない。

すると聞き役だった絹川先生が、生き生きと口を挟む。

「香純《かすみ》ちゃんはこう見えて面倒見がいいんだよ。同じ大学のよしみだからって、この学校に来たばっかかの頃は色々教えてくれたし」

香純ちゃん呼びを生徒に浸透させたの、絶対この人だ。

「生徒の前でそう呼ぶなと言ってるだろ。それにお前が手がかかるだけだ。大学時代だって天然姫と噂《うわさ》になってたから……」

途端、俺たちを見てからわざとらしく咳《せき》ばらいをした糸井先生。この人がペースを乱されるなんて初めて見たな。興味深い単語もあったし、この二人の過去が気になってしまう。

しかし、この場で続きは聞けないようだ。糸井先生がこちらに向き直る。

「目的は果たしただろ？　ならさっさと部活動に戻れ」

「相変わらず厳しいな〜、香純ちゃんは」

「私は顧問なんだ。活動自体は自由に任せている分、それ以外のことには口を出す」

「変なところで真面目なのも相変わらずだ」

困ったように、でも仕方ないと諦めたように、柔らかく絹川先生は笑う。

「あ、篠宮くん。さっきの続きだけど……」

「はい？」

聞き返すと、絹川先生は先ほどの再現のように距離を詰めて、俺の耳に口を寄せた。

「先輩として、姫島さんを気にかけてあげて。この子は多分、わたしと似てるから」

「……わ、わかりました」

微妙にさっきとは異なる気がするが、突っ込むのは野暮《やぼ》だろう。あとすごくくすぐったかったです。

「うん。お願いね！」

少女のような無邪気さを見せた後、彼女は手を振って自分の席へと戻っていった。隣で糸井先生がため息をこぼす。……あれは確かに、色々と手を焼きそうだ。本人が無自覚そうなのが余計にたちが悪い。

「なんて言われたんです？」

「お前が無理しないよう見張っとけだと。愛されてるな」

「微妙に信頼されてない気がする……」

「親みたいに思えばいいだろ」

「愛海ママ……」

「それはやめて差し上げろ」

なんか大人なバーのママ感が否めない。バー行ったことないけど。

職員室というのは妙に静かに感じる。紙のめくれる音も、コピー機の動作音も、先生同士の雑談も。みんなパズルのように合わさっていて、騒音として耳に残ることはない。

絹川先生は、姫島を自分と似ていると言った。実際、ゆるふわな雰囲気と可愛《かわい》らしい容姿はその通りだと思う。でも、彼女が口にしたのはそういう外見のことではないはずだ。

しかしそれを抜きにした二人は、似て非なるもの。

あざとい姫島と、天然気質の絹川先生。果たして一般的には、どちらの方が気にかけるべき相手に見えるのだろうか。

「――篠宮」

出入り口へ歩き出す前に、糸井先生に呼び止められた。

「波盾《なみだて》にどこかのタイミングでお礼をしておけ」

「なんですか？」

出てきた名前に驚きはなかった。

廃部を防ぐために部員を増やすという約束を果たしたが、それが直接、廃部阻止へとつながったわけではない。むしろあの人がいなかったら神崎が部員として加わったとしても、今のように部活動をすることは叶《かな》わなかっただろう。

「……そうですね」

短く返事をして、俺は姫島と共に職員室を後にした。


「いやー、先輩が手伝うって言ってくれて助かりました」

姫島は伸びをしながら、俺の少し前方を歩いている。下校や部活で生徒のほとんどが出払ったのか、廊下を歩くのは俺たちだけだ。

「あんなこと言われたらさすがにな。心優しい俺は頷《うなず》くしかない」

「ですね。先輩は優しいです」

「…………」

今日のこいつ、なんか調子狂うな。いつもだったら「自分で言いますー？」とか言ってからかってくるはずなのに。

「だって、わたしの言葉を疑わなかったじゃないですか」

「……どういうことだ？」

その「言葉」というのは何を指しているんだろうか。申請書なんてものを真面目に書いて提出したのだから、バイトの手伝い自体が嘘《うそ》ということはないだろう。

そうなると、「疑わなかった」というのは、クラスメイトが信じてくれなかった話を俺が信じたという美談めいたことを意味しているのではなくて。

姫島は俺に考える時間をわざと与えてから、足を止めて振り返る。

「あれ、嘘なんですよ。クラスメイトに断られたって話」

「……実際は？」

「声すらかけてません」

ということは、暇人なら誰でもよかったのか。残念がる自分と安心する自分がいる。

「せっかくのゴールデンウィークですから。遊びを差し置いて、バイトを提案するなんてできませんよ」

「俺には提案したけどな」

「だから最初に予定を聞いたんじゃないですか。あれ、一応わたしの良心です」

「随分小さい良心だな」

「その分器は大きいんですよ。あと胸も」

「……ノーコメントで」

「先輩つまんなーい」

姫島は友達との会話において、場違いな提案をすることを躊躇《ちゅうちょ》した。そこにどんな理由があるのかはわからないが、気遣いというのは存在するのだろう。想像するだけで息が詰まる。

「お前も大変だな」

「多分誰もが大変なんですよ。だから自分のことに必死になれる。視界を狭めて生活できるんです。逆に、人が大変なことに気づいちゃう先輩の方が大変なんじゃないですか？」

深いことを言うもんだ。少し感心してしまう。

「わたしは自分のことしか考えられませんから」

「奇遇だな、俺もだ。ボッチに人のことを気にする時間なんてない」

「ま、そういうことにしておいてあげます。——あ」

二人の会話に軽快な音楽が加わった。ライン電話の着信音だ。姫島がスマホを取り出す。

「出ていいぞ」

視線で問うてきたので、短く答えた。

「もしもし。……うん。……あ、そうなんだ。わかった。今から行くね！」

スピーカーじゃないのだから、詳しい内容は聞き取れるはずがなかった。もっとも、その努力もしてないが。

「友達が今から帰るらしいので、わたしも帰りますね」

文芸部はフリーダムな部活だ。わざわざ止めるなんてしない。

「おう。あ、荷物あるんだから、部室に寄るの忘れんなよ」

「わかってますよ！　そこまでうっかりさんじゃないです！」

姫島は「それじゃ」とだけ告げて、俺に背を向けて走り出した。かと思えば。

「騙《だま》したお詫《わ》びに、バイト上がりにデート、してあげますね！」

一度清々《すがすが》しい笑顔で振り返って、また再び部室の方向に足を向けた。

「余計なお世話だ」

もう届かないであろう返事を苦笑交じりにして、俺も歩き始めた。あんまり大きな声を出すなよ。二人だけの世界じゃないんだから。

文芸部にゆっくりゆったり戻ると、姫島の荷物は姿を消していた。すれ違うルートを通らなかったから言い切ることはできないが、恐らく今ごろ友人と帰路についているだろう。

「遅かったね。姫島さんはもう帰ったよ」

「知ってる。友達からの電話に出る場面までは一緒だったからな」

神崎は読書ではなく、スマホをいじっている。てっきり帰っているかもと思っていたから、その姿を認めた時はほっとした。

「……悪いな」

「ん？　戻ってきて早々、どうして謝るの？」

「いや、何というか……」

自分でも、真っ先に出た言葉が謝罪で驚いている。でもそれはわけがあって出たのだ。きっと根底にある何かが要因となったのだ。だから説明できないことはない。

むしろ二人きりになれたからこそ、引きずり出さなきゃならないものがある。

「姫島が来る前、お前がゴールデンウィークの話を切り出しただろ？」

「うん。中断したやつね」

「あの後、俺はその先の言葉に期待したんだ。もしかしたら、なんて考えた」

「うん」

こちらを見て静かに、けれど確かに、神崎は頷く。感じる視線はあの時の俺のと多分一緒で。

急《せ》かさないように、いざ出てきた言葉を聞き逃さないようにと、そんな思いがひしひしと伝わってくる。

恋人だからわかり合える、なんてのは傲慢だ。俺たちはその前に人だし、人は完璧じゃない。わかりもしない相手の気持ちを見誤って、勘違いして、あとでやらかしたと後悔する。

だからこそ。親しい間柄だからこそ。

言葉という形あるもので、思ったことを伝える必要がある。

「期待したのに、お前の……恋人の話を最後まで聞いてないのに、俺は姫島の頼みを受け入れた。それが彼氏としてどうかと思ったから、一応、謝った」

「なるほど。まあ、とりあえず座りなよ」

神崎はさっきの俺の席——入り口から一番遠い席に移動すると、隣のパイプ椅子をぽんぽんと優しく叩《たた》いた。姫島の席を残しておいたのはこのためか。あとやけにノリが軽いな。

大人しく言われた通りに座ると、神崎はなぜか立ち上がった。そして次の瞬間。

「——考えすぎな頭はこれかー！」

「うおっ……!? ちょ……！」

神崎の手が無造作に俺の髪をいじくった。抵抗空《むな》しくぼさぼさになると、神崎は心底楽しそうに笑う。俺が作り出したシリアスな雰囲気は、もう影も形もなくなった。

「……突然何すんだよ」

文句を垂れながら手櫛《てぐし》で乱れを整えようと試みる。そこに神崎の手が横入りした。どうやら代わりにしてくれるらしい。見事なまでの自作自演だ。

「私はね、篠宮が姫島さんを手伝うって言った時、『なんだこの最低彼氏〜……』なんて思わなかったよ。むしろ誇らしかった。『この優しい人が私の彼氏なんだぞ〜！』って自慢したくなったくらい」

「……本当に優しいやつは、断られたなんて話をされなくても、頼みを引き受けてる」

俺も一度は断った。架空の話だったとしても、彼女のクラスメイトと同じことをしたのだ。

それを偽善と呼ばずして、何と呼べばいいのだろう。

「じゃあ、本当の優しさってなんだろうね」

「………………」

問いかけとも独り言とも取れる神崎の発言に、俺はだんまりを決め込む。

神崎は手を止めて「できた！」と呟《つぶや》いた。そして隣に着席。軽く髪を撫《な》でてみると、完全にではないにしろ、限りなく元に近い状態になっている。

「それがわかるまでは、少なくとも篠宮がしたことも優しさにしていいんじゃないかな」

こちらを覗《のぞ》き込んでくる透き通った瞳に、思わず目を奪われそうになる。

さすがは首席といったところか。答えがないことを答えとするなんて、俺には一生かけてもできそうにない。

「……甘やかされすぎると、俺は調子に乗るタイプだぞ」

俺の言葉に笑みをこぼしてから、神崎は「んー」と思案顔。

「その方式で行くと、調子に乗った篠宮を見られるのは私だけだね。悪くないかも」

「言ったな？」

「え、ちょ……!?」

さっきのお返しとばかりに、栗色《くりいろ》の髪に手を伸ばした。すっと指が通って突っかかりがない分、わしゃわしゃと乱すのは簡単だった。フローラルな香りが舞い上がる。

「……髪は女の命って知らないの？」

頭を押さえた神崎に上目遣いで睨《にら》まれる。しかし今の俺は調子に乗っているのだ。この程度でたじろいだりしない。

「もちろん責任もって整えるつもりだが、そんなに大事なら自分でやるか？」

「……私、基準高めだからね」

そして神崎は腕を脇に下ろして、髪を解放した。

肩ぐらいに伸びたセミロングを丁寧に梳《す》いていく。そのさらさら具合は、気を抜けば「うわ……」なんて漏らしかねないぐらいだ。しかし、命を扱っているというのに緊張はない。

「上手《うま》いね。手つきも慣れてるし」

「感触で思い出したが、そういえば経験があった」

「……それはどういう意味かな？」

神崎の声にもやがかかる。なんでかはわからないが、少し不機嫌になったか？

「？　美玖《みく》が小さい頃にちょっとな」

「……そういうこと。そんな頃からシスコンだったんだ」

「俺からしたわけじゃないし、その後『お母さんの方が上手』とか言って見限られたからな？　シスコンとは言わないだろ。ちなみに今もな」

時間が経《た》つにつれて、昔の記憶が蘇《よみがえ》っていく。でも今はかつてを懐かしむよりも、この一瞬を大事にしたい。

「だから俺が自分からこうしたいと思ったのは、お前が初めてだな」

「……急にそういうこと言うの、ほんとずるいと思う」

「悪くないんだろ？　調子に乗るの」

「これは想定以上だよ……」

そこからは会話もなく、俺はただ作業に没頭し続けた。

やがて神崎が自らの手鏡を見て「まあ、オッケー」と頷《うなず》いたので、やめることになった。

プロフェッショナルとしては、快く頷いてもらえなくて悔しい限りだ。

「あの途中で途切れた話だけどね、実は私、連休中に撮影があるの」

「撮影って……モデルの？」

「そう。マネージャーさんとのライン、見る？」

「いや、信じられないってわけじゃない。ただ、初めてだと思ってな。こうやって実際に仕事の話が出てきたの」

モデルの肩書きを持つ神崎は知っているが、モデルとして働く神崎を意識したことはない。

「夏休みとか今回みたいに、学校がない日に撮ってもらってるからね。今までは……そりゃあ話題に挙がらないよ」

神崎はくすくすと笑って、天井を仰ぎ見る。それもそうか。気づけば笑みがこぼれた。

俺たちはおよそ二か月前の終業式の日に恋人になった。言い換えれば、それ以前はただのクラスメイト同士だったわけで。

二人で会うことはあっても、互いの生活を知る機会なんてのはなかった。

だから、今の何気ないカミングアウトから始まった会話は、俺たちの関係の変化を如実に表している。そんな気がした。

神崎は俺に視線を戻すと、今度はいたずらっぽく笑って見せる。

「そういうわけだけど、篠宮は何を期待してたのかな？」

「……何のことだか」

「『もしかしたら、なんて考えた』」

神崎が誰かのに合わせるように、声を低くした。ご丁寧に感情まで込めやがって。

「そんなイケボの知り合い、俺にはいない」

「まあ、一番近くて一番遠い声だからね」

「文学の才能があるんじゃないか？」

「篠宮にはとぼける才能がないと見た」

「……ほっとけ」

「ほらー」

神崎は楽しそうに笑ってから、椅子の片づけを始める。

勘違いをしていた。

クラスメイトの楽しそうな雰囲気に当てられ、非日常を求めた俺はかの連休に思いを馳《は》せ、特別感を得ようとした。

メッキを剝《は》がすことを是《ぜ》とした。

「もし篠宮が姫島さんの頼みを聞いてなかったら、戻ってくるの待たないで帰ってたんじゃないかな。そんなの、私の知ってる篠宮じゃないし」

「買いかぶり過ぎだ。それに、お前ならどっちでも残ってたよ」

口をきいてくれるかまでは保証できないが、そんな予感がする。

「買いかぶり過ぎだよ」

神崎はカバンを肩にかけて振り返る。時間はおよそ五時。今日の部活はここで終了みたいだ。

期待したっていい。それですれ違ってもいい。ただ勝手に失望さえしなければ、人間関係というのは案外もつのかもしれない。

「ところで、さっき姫島さんが戻ってきた時、デートがどうこう言ってたんだけど……心当たりは？」

「……はは、何のことだか」

「ふーん。そういうことなら、私に考えがあるんだけど」

「……お前のそういうの、恐怖しかないからやめて」

「説明責任を？」

「……果たします」

この後の下校は、説明（言い訳）とご機嫌取りに時間を要した。

第二話❤気づかないという選択肢

テレビから聞こえるニュースを聞き流しながら、ブラックコーヒーに口をつける。容赦ない苦みだが、寝ぼけ頭にはかえって都合がいい。むしろ人生のハードな苦みに比べれば甘く感じる。

「今日からゴールデンウィークかー。いいなー」

「ん？　……ああ、そうだな」

向かいに座る美玖《みく》の視線を追うと、件《くだん》の連休についての特集がされていた。おすすめのお出かけスポットやグルメ、アクティビティなどアウトドア派がこぞって釘《くぎ》付《づ》けになりそうな——つまり俺には需要のない内容だ。ついあくびをしてしまう。

「今年の美玖にとっては金メッキだよ、金メッキ。教科書に囲まれるとか地獄〜」

毎年金メッキの俺の前でよく言った。でもまあ、受験生の場合は自由に時間を使えるわけではないから、地獄というのは合っているのかもしれない。もはや金メッキ通り越して金色折り紙だな。裏返らなければいいのだが。

「まあ、この一年の辛抱だし、大人しく家で勉強して今のうちに慣れとけ。友達と遊ぶなんて、受験が終わればいくらでもできる」

「友達いない人に言われてもねー」

確かに。俺なんて、受験が終わってもやることなさ過ぎて勉強してたくらいの優等生だから、友達どころか説得力も皆無だ。自覚はあった。

美玖は両手でマグカップを口元に運ぶと、フーフー息を吹きかけてから中身を口に含んだ。確かココアだったたか。意識した途端に甘ったるい香りが飛んできた。朝からそんな甘いのよく飲めんな。

「ていうか、そういうお兄ちゃんは気合入ってるね」

「ん？」

至っていつも通りなんだけど。俺いつも気合入ってたのか。

「朝ごはん、休日なのに食べるなんて珍しいじゃん」

テレビに表示されている時間は午前の八時。平日であれば駅に向かっているくらいだろう。

「別に気合を入れようとしたわけじゃない。早く起きる必要があったから、流れで食べてるだけだ」

「そんなに琴音《ことね》さんとのデートが楽しみなんだ？　去年まで美玖が一緒に過ごしてあげなきゃ死んじゃう体質だったのに……」

「俺はウサギか」

それに君、友達に誘われて、普通に池袋に毎年行ってたよね？　お兄ちゃん、そこらへん忘れてないから。大宮にしとけ。埼玉にお金落とそう？

「……お前今何て言った？」

「リア充爆発すればいいのに」

「それは言ってねえだろ」

眠気に支配されていた頭が徐々に覚醒していく。確かこいつは今、神崎《かんざき》の名前を出したはずだ。

「勘違いしてるみたいだが、このゴールデンウィークに神崎との予定はないぞ」

「………………え？」

美玖がジャムトーストを咥《くわ》えたまま固まる。

ようやく一口だけ噛《か》んでもぐもぐしたと思えば、半分以上を残してトーストを皿に置いた。

「でも昨日の夜、出かけるって言ってたよね……？」

「後輩とバイトにな。デートなんて一言も言ってないだろ」

「バイトとも聞いてないよ……」

美玖は項垂《うなだ》れてからココアを口に含んだ。マグカップで口元を隠しながらジト目を向けてくる。

「どっち？」

「何が？」

「その後輩の性別！」

「女子だけど……」

「……じゃあその子可愛《かわい》い？」

「可愛いいんじゃないか？　一般的に」

この前なんて告白されてたしな。

「……琴音さんとどっちが？」

「神崎だろ」

「そこを即答するのが何とも……」

ことっとマグカップがテーブルを鳴らす。

「そもそも、なんでお兄ちゃんに後輩の知り合いがいるの？」

質問に悪意を感じるのは気のせいかな？　俺の妹がナチュラルに酷《ひど》い。

「元々中学の頃に面識があってな。そんで今は同じ部活」

「てことは放課後は二人きり……はい、お兄ちゃんアウトー！」

「朝から騒がしいな……。神崎がいるから二人きりにはならない」

「え、琴音さん、同じ部活になったの？」

「あー……そういや言ってなかったか」

まあ、部活の件はよりを戻したことと異なり、美玖には無関係だ。頭から抜けていたのも仕方ない。……と美玖の方は割り切ってくれないらしい。

「なんでそんな大事なこと教えてくれないの！　報連相ができてないよ！」

「何でもかんでも伝えればいいってわけじゃない。必要ないと判断したから、切り捨てた。それだけだ」

報連相は社会人のマナーと教育の一環で教わる言葉だが、何事にも容量はある。問題を見つけたからと逐一聞き役を引っ張ってきてしまえば、時間は無駄になるわ、そいつの仕事が進まなくなるわでまた新たな問題が生じてしまう。頼ることと思考を放棄することは全くの別物だ。

どうでもいいが、埼玉県はほうれん草の生産量が全国で二位と結構上位だ。ちなみに一位は千葉。ネギも同様。小松菜で勝ってるからいい。

話が逸《そ》れたが、まあ何が言いたいのかというと。

「お前は俺たちのことを気にしすぎだ。まずは自分を第一に考えろ」

「だって……」

美玖の言いたいこともわかる。身内を取り巻く人間関係の変化には、誰でも敏感になるだろう。きっと俺だって、母さんと父さんが離婚するなんて言い出したら、穏やかではいられない。……まあ、あの二人のことだからそれはないだろうが。

美玖は先週のことがあってから、何かと俺と神崎を気にかけている。でなければ、月曜朝早くに「たまには琴音さんに合わせてみたら」なんて言って、俺を家から追い出したりしないだろう。

「俺が言うのもなんだが、俺たちは意外とうまくいってる部類に入る。だから、心配するくらいならお前も彼氏の一人でも作るんだな」

美玖は俺の言葉に目を丸くした後、ふっと笑った。

「リア充うざ。あとで痛い目見ればいいのに」

「ここは恋路を応援してくれる素敵なお兄ちゃんに感謝する場面だろ。あとその俗称に当てはめるのやめろ。安く聞こえる」

「言っとくけど、美玖が本気になれば、お兄ちゃんなんて目じゃないくらい魅力的な彼氏連れて来れるから」

「だろうな。だがそれは許さん」

「矛盾してるじゃん。兄の愛が重いよ」

「ばか、俺の立場がなくなるのが気に食わないだけだ。連れて来るなら俺未満にしろ」

「無理難題だよそれ」

「……俺が底辺って言いてえのかよ」

二人してトーストを齧《かじ》る。イチゴジャムの後に飲むブラックコーヒーはうまい。

「でもまあ、今は勉強か。恋愛なんてしてる暇ないし」

「自分磨きって考えれば、案外楽かもな」

「勉強もできて料理もできる。おまけに可愛いなんて、自慢の妹だね」

「勉強はまだできるとは言えないだろ。それに、神崎を知ってるから今更そのスペックに持つ感想はない」

「……なんだかんだ溺愛してるよね、お兄ちゃん」

美玖が呆《あき》れた様子で何かを呟《つぶや》いた。正直別のことが気になってそれどころではない。

「ジャム、わざとくっつけてるのか？」

「……!?」

自分の口元を指さして言うと、美玖は慌ててティッシュを手に取り拭き取った。ジャムはなくなったというのに、その頬《ほお》はまだ赤い。

「可愛さの追求か。自慢の妹だな」

「さっさとバイト行けばいいじゃん……！」

それから美玖は勢いよく朝食を平らげると、洗い物をしろとばかりに食器を置いて自室に向かった。この調子なら心配はいらないな。

…………………♥…………………

待ち合わせというものに、俺はいい印象を持っていない。

まず場所。合流することが目的なのだから、必然的に目印となるものが待ち合わせ場所として設定される。

例えばハチ公。そして今俺がいる、大宮駅のまめの木なんかも例に挙げられる。

これらに共通するのは、目的を同じくする人間が多く集まってしまうことだ。そうなると俺が苦手とする人混みとなり、居心地が悪くなる。

もちろん、通行人の迷惑になりかねない点も要因の一つだ。

そして時間。小学生の社会科見学の際、楽しみにし過ぎたことで寝坊し、時間ギリギリに待ち合わせ場所に向かって置いて行かれかけた経験のある俺は、それ以来最低でも時間の十分前には着くように心がけている。

そして待つ間にその黒歴史を思い出すから苦手だ。

しかし今回はいつもの待ち合わせとは少し異なる。何しろ二人だけだ。気づかれないかも……なんて心配する必要がない。

「――こんにちは、先輩！」

桜色のパーカーにスカパンタイプのミニスカート。初夏の気温に合わせたコーデに身を包んだ姫島《ひめじま》が姿を現した。スマホを見ると、待ち合わせ時間の二分前だ。

「随分ギリギリだな」

走って来たのか、姫島は少し息が乱れている。それを整えてから口を開く。

「思ったより準備に時間がかかっちゃいまして。どうですか？」

両腕を広げて服装を見るように示してきた。急いで来たようだが、身だしなみに違和感はない。

「変なところはないと思うぞ」

「可愛いですか？」

「……準備に時間をかけたんだからそうなんじゃないか」

「む……」

不満げに見つめた後、姫島はあからさまにため息をついた。俺は面と向かってそういうことを言えるやつじゃない。それはこいつもわかっているようで「まあいいです」と割り切った。……なら最初から聞かないで欲しい。

「時間ありますけど、何しましょうか？」

「とりあえずなんか食お。腹減った」

時刻は十時を少し過ぎたところ。バイト先で賄いは出ないらしいから、何か腹に入れておきたい。

「じゃあゴンチャにでも行きますか」

「なにそのこんにちはーの短縮形みたいなやつ」

運動部とかユーチューバーがよくしてるイメージ。

「タピオカ屋さんです」

「あー……あの黒いやつか」

「先輩でも知ってるんですね」

「あれだけブームになればさすがにな。試したことはないけど」

「ならちょうどいいじゃないですか！　一緒にタピりましょうよ！」

「えーいいよ。絶対混んでるだろ」

「それ基本的にどこも一緒では？」

「じゃああれだ。でんぷんで俺の腹は膨れない。だから却下」

「それ単に行きたくないだけですよね!?」

失礼な。流行に乗ったら負けな気がするとかではなく、どうせならガッツリしたものが食べたいと思っただけである。

「せっかく先輩にわたしのチャレンジを見せようと思ったのにな〜」

「チャレンジ……？」

「あ、知らないですか？　手を使わずにタピオカを飲むっていう、ＳＮＳで話題になったやつです」

いいや、それ自体は知っている。

手、というのは人の重要なファクターだ。二足歩行になったことで、二つの手を自由に使えるようになり、ものを扱うことが可能に。その結果文明が発生し、この時代まで人の世が発展した。

その手を使わないということはつまり、タピオカチャレンジというのは新時代への挑戦と言える。新たな幕開け。必然的にそれを担うのは手の代わりにドリンクの支え、いわば土台となる――。

「先輩？」

姫島が不思議そうに俺の顔を覗《のぞ》き込む。……しまった。雑念が入った。

「……そういうのはお友達とやりなさい。絶対反応に困るから」

「なぜ急に敬語？」

「それより、マックでいいか？」

邪《よこしま》な考えを悟られないように手早く話題を逸らす。姫島は小首を傾《かし》げながらも、「はあ……いいですけど」と頷《うなず》いた。次いで何かを思い出したようだ。表情が一気に明るくなる。

「あ、なら西口の方に行きましょうよ！　ていうか行きたいです！」

「バイト先は東口じゃないのか？」

「食べ終わってから、アニメショップに行きたいんです」

意外とすんなり本音を述べてくれた。まあ時間もあるし、タピオカを断った分、耳を傾けるのが筋ってもんだろう。

「そういうことなら早く行かないとな」

「さっすが先輩！　話がわかるー！」

姫島は周りの目を気にかけずに笑う。その姿は、ひまわりが似合う気がした。これだけ喜ばれると、逆に気恥ずかしい。……しかし、どうやら物理的に周りが見えてないだけみたいだ。

「――落ち着け姫島」

「へ……!?」

姫島の腕を摑《つか》んでこっちのスペースへと引き戻す。あと一歩で人波に揉《も》まれるところだった。間一髪といったところか。……ていうか腕細っ。

「お前、ここが人混みの中ってことを忘れるな」

「は、はい。……すいません」

テンションの落差がバンジージャンプ並みに激しい。しかし落ち込むというより、動揺してるみたいだ。

「反省して欲しいだけで責めてるわけじゃない。楽しむならここじゃなくて、目的のショップに着いてから存分にだ」

もしかしたら絹川《きぬがわ》先生に言われた気にかけろというのは、こういうことなのかもしれない。広義に捉えることができるから、あくまでも予想の域を出ないが。

「ほら、行くぞ」

「ちょ、待ってください」

先導しようとすると背後から服を摘《つま》まれる。

「他に何かあるのか？」

「呼び止めたわけじゃないですよ。はぐれないようにするためです」

「そういうことか。電車ごっこみたいだな」

他の園児が楽しんでいるのを遠くから眺めていた幼稚園時代を思い出す。泥団子作り
……楽しかったなぁ。

「先輩が先に行くからですよ。普通女の子を置いていきます？　わたしだったからよかったものの、他の子にやったら大幅にマイナスですからね」

「心配すんな。機会がそうない」

「……なら、この休み中にもう一度テストします」

ぎゅっと姫島の力が強まる。初日である今日がまだ半分も残っているというのに、気の早いやつだ。

服が伸びてしまうため、駅を出るまでゆっくり歩くことを心掛けた。

早めの昼食を終えた俺たちは、姫島の親戚が営んでいるというバイト先へと向かう。

……のだが。

「……機嫌直った？」

「直ってるように見えます？」

「見えないから聞いたんだよ」

「見えないなら聞かないでください」

隣を歩く姫島が不機嫌だ。このように正論しか返ってこない。無駄を取り払った会話の究極形とも言える。

しかし不幸中の幸いと言うべきか、俺はそこまで気に病んでいない。というのも、俺は原因でないからだ。クラスメイトが担任に怒られてるのをしめしめと眺めていた僕です。

「初出勤なんだ。いくらなんでも時間は守らないとまずいだろ」

「わかってますよ。だからこうやってアニメショップを諦めて向かってるんじゃないですか。仕方なく」

最後の「仕方なく」の語調を強めて、姫島はまた正論を言い放った。

早めの昼食を取ろうと俺たちはマックに向かったのだが、予想通りと言うべきか、なんならそれ以上の混み具合だった。

結局、なんとか席を確保し食事をすることはできたが、その代わりに犠牲になったのは時間。つまり姫島の真の目的兼楽しみを排斥することを強いられたのだ。

「また今度来ればいいだろ」

「……一人だといつも通りでつまんないです」

やっと正論ではなく感情を聞けた。もっとも、会話を止めてしまうという意味では違いがない。

姫島はアニメショップという場所を楽しみにしていたわけではなく、誰かとそこへ行くという行為を楽しみにしていたようだ。そりゃあ簡単に割り切れないか。趣味の合う友達は、まだ見つけられてないのかもしれない。

俺はボッチだ。だから一人の心地よさも、孤独の物寂しさも経験してるし、わかっている。……少なくともこいつよりは。

「俺でよければ、最終日のバイト上がりにでも一緒に行くか？」

「え……いいんですか？」

「ああ。俺も久しぶりに行きたいからな」

「じゃあ……お願いします」

拗《す》ねていたことに罪悪感でも覚えたんだろう。姫島は控えめに頷いた。

「でもなんで最終日なんですか？」

「最後に楽しみが待ってるとなれば、お前もちゃんと働くだろ？」

「……元からちゃんと働く気なんですけど」

姫島は「失礼ですね」と呟《つぶや》いた後、ふっと笑った。

「あれ、現実になっちゃいましたね」

「あれ？」

「ふふ、秘密です♪」

姫島がからかう口調から、人差し指を口に当てた。……調子を取り戻したようで何よりだよ。


しばらくそのまま歩いていると、姫島はようやく足を止めた。ストリートの脇にある、どこにでもあるような平凡なビルだ。

「ここの二階です」

きっとこうして立ち止まるきっかけがなければ、そのまま通り過ぎてしまうであろう佇《たたず》まい。随分と遠くに聞こえる駅前の雑踏が、その在り方を示しているようだ。

姫島は「行きましょう」と先導して階段を上がっていく。距離を空けてその後を静かに追いかける。

「こんにちはー、おじさん」

「おーかぐやちゃん。久しぶり。悪いね、せっかくのゴールデンウィークなのに」

「はは、お詫《わ》びよりお金が欲しいな〜？」

「はは、言うようになったもんだ」

「女子高生の休みは貴重だからね」

「わかったよ。バイト代は弾もう」

「やったー！」

……すげえ盛り上がってるんだけど。念のためにと少し間を空けたのは正解だった。

「——お、君が篠宮《しのみや》くんかな」

「……どうも」

どうやら待ち構えられていたみたい。目が合ったので簡単な挨拶を済ませて、二人の元へ。

中年くらいの男性だが、おじさんなんて呼ばれるのがもったいないくらい、角刈りに白いワイシャツと清潔感溢《あふ》れる出《い》で立《た》ちをしている。

「お手伝いに来ました。篠宮誠司《せいじ》です」

「ここのオーナーの姫島道和《みちかず》です。来てくれて助かるよ。誠司くん……でいいかな？」

「は、はい」

「じゃあぼくのことは道和で」

「……よろしくお願いします、道和さん」

「こちらこそ」

超が付くほどフランクだが、子供みたいに笑う人だ。苦手意識は感じない。

「おじさん、わたしたちは何すればいいの？」

「ホールをお願いしたいな。誠司くんはまだしも、かぐやちゃんをキッチンに入れるわけにはいかないからね」

「ちょ、それ失礼！　あと先輩の前だから！」

「料理苦手なのか？」

「……ノーコメントで」

姫島は目を泳がせてからそっぽを向いた。女子力高そうな見た目をしている分意外だ。

「誠司くん」

こっちへ来いと道和さんが手招きをしている。

「これメニューだから、一応目を通しておいて」

ホールなのだから、当然と言えば当然か。

「わかりました。オープンは何時ですか？」

「十一時半だ。つまり、あと十分を切ってる」

人間は、思わず笑ってしまう場面が二つある。面白いものに出くわした時と、どうしようもない事態に遭遇した時だ。

「……なかなかハードモードですね」

「期待してるよ」

道和さんはにっこりスマイルを見せて、俺の前から立ち去った。働くことの洗礼を受けた気がする。苦笑いはすぐに消えた。

❤

道和さんが経営するカフェで働き始めてから五日が経《た》とうとしていた。つまり、本日はゴールデンウィーク最終日だ。

「暇ですね」

「暇だな」

「先輩面白い話してください」

「業務中だ」

「真面目～」

隣の姫島は退屈そうに天井を見上げた。一応お客さんがいるというのに見上げたやつだ。

実際にここで働いてみてわかったことがある。

このカフェは最初入り口で受けた印象の通り、隠れ家的な在り方をしている。それもだいぶ大人向けだ。

店内は広く、落ち着いた雰囲気であり、そこに流れるヨーロピアンなＢＧＭが耳に心地よい。まるで時間が過ぎること自体に楽しみを見出《みいだ》せるような、そんな空間。

はっきり言って俺の好みだ。もっと早く知ることができていればと後悔してしまう。まあ、知っていたところで、わざわざ出かけることはなかっただろうが。家こそ至高。

「先輩、今日の帰りですよ。ちゃんと憶《おぼ》えてます？」

「わかってるよ。記憶力には自信がある」

「――はい、マロンケーキできたよ」

道和さんが俺たち二人の間にキッチンから顔を出す。

「姫島、出番だ」

「はーい」

姫島は素直に道和さんから皿を受け取って、客の元へ向かった。

「誠司くん、もうメニューは全部憶えたかな？」

「おかげさまで。最初にあんなこと言われた時は、正直無理難題だと思いましたけど」

訪れるお客さんが少ないということは、注文が殺到することがないということ。メニューなんて、仕事をしながら憶えられた。

「それならよかった。で、帰りはかぐやちゃんと何をする予定なのかな？」

「別に、何でもないですよ」

こちらを詮索するスマイルに応じず視線を逸《そ》らした。

「――すいません」

「はい――」

入り口の方から声がして振り向くと同時、時間が止まった気がした。

ハットとサングラスで顔を隠し、清楚《せいそ》な白いワンピースに身を包んだ、女性。一見シンプルな格好だが、それが恐ろしいくらいに似合っている。

女性らしい曲線美が強調され、細身ながらもしなやかさを感じさせる肢体。露出した肌も布地と競っているかのように白い。

「案内していただけますか？」

「……こちらです」

どうやら彼女はハットとサングラスを外す気はないようだ。……芸能人か？

身バレに気を遣っているなら、いっそ喫煙席のソファに案内した方がいいかもしれない。幸い今いる客の中に喫煙者はいないし。

「あ、ここでもいいですか？」

「え……どうぞ」

奥に向かおうとする俺とは対照的に、キッチン近くの席を選んだ彼女。そのまま優雅な所作で椅子に座るとメニューを開いた。……一回戻るか。

「——店員さん。おすすめとかありますか？」

背中に投げかけられた言葉に立ち止まることを強いられた。どうやらハットは外したようだ。栗色《くりいろ》の髪とワンピースのコントラストが、やけに眩《まぶ》しく見える。

「……お昼はもう済ませました？」

「もちろん」

時間は午後二時を過ぎたくらいだ。……少し早いティータイムといったところか。

「でしたらこちらのマロンケーキのセットはいかがですか？　小腹を満たすにはちょうどいいかと」

メニューを指して言うと、彼女は「ふーん」とどこか感心しているような声を出した。

そしてついに、そのサングラスに手をかける。

「ちゃんと働いてるみたいだね──篠宮」

「──は？」

目の前に現れたのは神崎の顔。してやったりとばかりに口元が笑みを作っている。

「じゃあそれくださいな。ドリンクはアイスコーヒーで」

「……なんでここにいんの？」

「撮影が早く終わったから、働いてる篠宮の様子を見ようと思ってね」

「だからって変装しなくてもいいだろ……」

「恥ずかしがらなくてもいいのに。ちゃんと接客できてたよ～」

「それ追い討ち……」

知り合い相手に敬語とか一番恥ずかしいやつだ。軽率に口を開いた少し前の自分をぶん殴ってやりたい。

思えば声は完璧に神崎のものだった。

それでも、彼女を彼女だと見抜けなかったのは、まるでワンピースを着る人間はこうでなくてはならないという、強《したた》かな理想像を体現しているようだったからだ。

「──うちの店員にちょっかい出すの、やめてもらっていいですか？」

姫島が席にやってきて、俺を押し出した。

「ちょっかいって……交流を深めようとしただけなんだけどなー」

「はー……これだからビッチは嫌なんですよ」

「び……!?　それ、お客に対する態度じゃないよね……？」

「店員に手を出そうとした時点で客でもなんでもないですから」

会話は熱を増していく。二人とも、笑顔なのが怖い。まるでドライアイスみたいだ。

「……おい。ここ店──」

助けを求めようと道和さんの方を見やると、またもやひょいひょいと手招きをしている。

これ放置すんの？　最悪店焼けますよ？

「あの綺麗《きれい》な子は二人の知り合い？」

「知り合いというか……はい、知り合いです」

焦って無駄なことを口走りそうになった。

「ほう。君もなかなか隅に置けないね」

「どういう意味です？」

「そういうところが、だよ」

道和さんは俺を見てから、もう一度彼女らの方を向く。やがてその景色に何を思ったのか、大きく頷《うなず》いた。

「誠司くん。かぐやちゃんと一緒に上がっていいよ」

「いや、まだ時間じゃないですけど」

「今日は特別だ。あの子も誘って三人で遊んでくるといい」

「なんでそうなるんですか。それもこれからティータイムで忙しくなるって時に」

道和さんは俺の言い分を聞いて難しい顔をする。おかしなことは何一つ、言ってないつもりなんだけど。

「……君はここをどう思う？」

道和さんは無邪気な笑顔でなければ、真剣な眼差《まなざ》しでもなく。強いて言うなら慈しむように、店内を眺めている。

「……魅力的だと思います。静けさに身を置くことのできる、貴重な場所だと」

道和さんはそれを聞いてふっと口元を緩める。そして困ったように未《いま》だ仲良く言い争っている彼女たちの方を向いた。

「あの子たちがいるとそれを損なってしまいかねない」

「それは……そうかもしれません」

今はまだ周りを意識してかボリュームは控えめだが、長く続けばきっと店内を飲み込むだろう。

「だからこれも仕事だ。店の雰囲気を守るというね」

「物は言いようですね」

「大役だ。胸を張るといい」

初日にも見たスマイルを浮かべて、道和さんはキッチンへと向かった……と思いきや。何かを思い出したように振り返る。

「もちろん、二人を守るのも仕事だよ」

「……わかってます」

その言い方をされると、素直に頷きづらいからやめて欲しい。守るなんて言葉はジャンプの主人公にしか似合わないのだから。

ドリップコーヒーをストローで吸い上げながら、スターバックスの店内を見渡す。

さすが世界規模のチェーン店。人がいっぱいだ。よく言えば人気、悪く言えば混雑している。そんな中で席を確保できたのは、僥倖《ぎょうこう》だったのかもしれない。

「なにきょろきょろしてんの、篠宮」

「こういうところ、あんま来ないから落ち着かなくてな」

「先輩は陰の方ですからね。無理もないですよ」

姫島は抹茶フラペチーノとかいうものを、ストローとスプーンを駆使して楽しんでいる。何だよそれ。飲むのか食べるのかどっちかにしろ。

しかしやはり落ち着かない。無論、姫島が言ったように俺がこの空間に慣れていないというのもあるが、それ以上に周りから視線を感じるのだ。

原因は恐らく……。

「ねえ、姫島さん。フラペチーノひと口くれない？」

「神崎先輩のマキアートくれるならいいですよ」

「うん、いいよ。交渉成立！」

こいつらだろうなー。互いのドリンクをシェアし始めた二人にため息がこぼれる。

モデルの神崎は言わずもがな、姫島だって普通に可愛《かわい》い。

買い物などとは異なり、店内で過ごすことが目的となるこの場において、その際立った容姿は目に留まりやすいのだろう。それも客層が若いため余計に。

「うわ……キャラメルが濃厚……」

「シロップをキャラメルに変更して、多めにカスタマイズしたの」

「へー。実は頼んだことないんですよね、わたし。今度やってみます」

「でも、抹茶フラペチーノもやっぱり美味《おい》しいね。フラペチーノの中だったら一番好きかも」

しかし当の本人たちはそれを気にすることなく、キャッキャウフフしている。

単に気づいていないだけなのか、それともこんなことが日常茶飯事で慣れてしまったのかはわからないが、長居する意味もないだろう。

「盛り上がるのはいいが、まずこの後の予定を決めてくれ。そのために来たんだからな」

「相変わらずですねー先輩は。もっとこの一時を楽しんだらどうですか？」

「まあまあ。ちなみに篠宮は何か意見ある？」

「俺は……」

元々姫島とアニメショップに行くという予定があった。でもそれは「誰か」が必要だったからであって、俺が必要であったわけではない。それにこの提案は姫島がすべきだ。

「ついて行くだけだから基本なんでもいい」

俺は元々インドアで、出不精なのだ。大宮に来たところで、俺自身に特筆すべきやりたいことなんてない。

「え……」

「姫島さんはどうかな？」

「わたしは……」

姫島が一瞬こちらを見た気がした。

「ショップに……行きたいです」

「ショップ？　なんの？」

「アニメショップだ」

神崎には縁遠い言葉だろうが、無縁というわけでもないだろう。

「ラノベも売ってるし、神崎にちょうどいいんじゃないか？　俺も行きたい」

「へー、そういうことなら私も興味あるな」

「ちなみにお前は？」

「私は……」

神崎は顔を上げて姫島を見る。そして数秒後頷いた。なんだ今の謎の間。

「洋服が見たいかな。お金そこまで持ってないから、ウィンドウショッピングだけど」

「わたしは別にいいですよ」

「ならそっちが先か。移動ほぼないし」

コーヒーでのどを潤してから予定をまとめる。あとは出発……というところでポケットに入れているスマホが揺れた。音を発さず、場の空気を損なわない。そういう意味では、普段口数が少ない俺もマナーモードなのかもしれない。

『気遣いありがと』

神崎からのラインだった。気づいてんなら、サングラスでも付けろ。

「じゃあ行こっか」

返信する間もなく、神崎がドリンクを片手に立ち上がる。そこで姫島が「待ってください」と呼び止めた。

「写真撮るので」

その手にはスマホ。構える先には中途半端に減った抹茶フラペチーノ。正直、フォトジエニックとは思えない。

「撮ってどうするんだ？」

「インスタに載っけるんです」

「そういうのは最初に撮った方が映えるんだぞ？」

「……うるさいですね。忘れてたんですよ！」

それはそれで、忘れたからと割り切れないもんなのか……。深いな、インスタ。沼的な意味で。

「席外した方がいいか？」

「あ、大丈夫です。むしろ残ってもらった方がありがたいかも」

「いや、俺被写体になるのはちょっと……」

「遠近法みたいな感じで撮れば映えると思うんですよ。先輩のコーヒー」

そっちかい。

カシャカシャパシャシャリ。座りながら軽快な音を聞く。そんな撮る？

「これでよし……。お待たせしました」

姫島がスマホを仕舞《しま》って立ち上がる。俺も透明の容器に手を伸ばした。

「今度こそ出発だね」

「そういえば、神崎先輩はインスタやってないんですか？」

姫島は神崎の横に並んで問いかける。

「いつか始めたいな〜とは思ってる」

「それほぼ可能性ゼロのやつじゃないですか」

「そんなことないよ」

真実は神崎しか知らない。その場しのぎの戯言《たわごと》かもしれないし、本当にいつか手を出そうと考えているのかもしれない。

いずれにせよ確実なのは、今はやっていないということ。……そこに理由を見出《みいだ》そうとするのは、俺の悪い癖だ。

「だからもし始める時は、姫島さんが色々教えてくれたら嬉《うれ》しいな」

「……まあ、その時は」

横並びでスタバを後にする二人。俺もその後に続いた。


……………♥……………

「楽しかったね！　ウィンドウショッピングもアニメショップも！」

上機嫌にワンピースを翻す神崎。

「楽しかったですよ。……少なくともアニメショップは」

不機嫌……というよりはぐったりと疲れている印象を受ける姫島。

正反対の二人の様子だけでも、午後の予定がいい意味でも悪い意味でも充実していたことが窺《うかが》えるだろう。

俺も正直、歩き回ったことで疲労がたまっている。足が棒だ。

「えー、着せ替え楽しかったじゃん」

「それは神崎先輩がずっとする側だったからです。……人形役になったら感情なんてなくなりますよ」

そう話す姫島の表情は死んでいる。俺といい勝負だ。

神崎の希望であった、ルミネ内でのウィンドウショッピング。その実態は姫島を着せ替えしまくるというものだった。

様々な店を巡り、数多《あまた》の服を怒涛《どとう》の勢いで試着させられる姫島の姿は、まさに人形そのもので人権なんてないに等しい。

着せ替えという人でも可能な行為のために、わざわざ専用の人形が作られる理由が垣間《かいま》見《み》えた気がした。

「でも姫島さん可愛いから、なんでも着こなしてたね」

「モデルの神崎先輩に言われても、皮肉にしか聞こえないです」

「捻《ひね》くれてるな……篠宮と一緒にいるとこうなっちゃうの？」

「人を病原菌みたいに言うな」

しかしそういう神崎も捻くれているように感じる。

今日だけで神崎と姫島の距離はぐーっと近づいただろう。件《くだん》の着せ替えはもちろん、アニメショップでも二人で行動していたし、移動中も世間話をしている場面が何個か見られた。

それでも一貫して、呼び方はお互いに変えていない。神崎先輩と姫島さん。相変わらずよそよそしい呼び名のままだ。

「あ、わたしお手洗い行ってきますね」

改札を抜けたところで姫島が思い出したように言った。

「うん。じゃあここで待ってる」

「先輩、荷物」

「俺は荷物じゃない」

姫島は俺の返答にわかりやすくむくれると、無理矢理《むりやり》ショルダーバッグと購入品の入ったビニール袋を握らせてきた。ポールハンガーになった気分。

俺と神崎は邪魔にならないように隅の方へ。そして行き交う人の波を眺める。それぞれの視線の先とを結べば、きっと綺麗《きれい》な平行線が引けるに違いない。

しかし、神崎にその気はないようだ。視界の端でこちらを向いた。

「遠くない？　一人分空いてるんだけど」

「わざとだ。知らない人のふりがすぐにできるようにな」

「隣に立ってるだけなら、わざわざスペース空けなくても知らない人だよ」

「それは俺の知名度のなさを揶揄《やゆ》してるのか？」

「だからこっち来て」

「お、おい」

神崎は俺の手首を摑《つか》んで無理矢理自分側に引き寄せた。あっという間に距離が縮まる。

「一応帽子は被《かぶ》るから。だから……手繫《つな》ぎたい」

顔の半分をハットで隠す姿がいじらしい。これを断れる男はいないと断言できる。

「今日、楽しかった」

「知ってる。着せ替えできてよかったな」

「それもそうだけど……篠宮と一緒に色んなところ歩けたから。新鮮だった」

「感性が豊かだな」

「イメージができたの。期待が膨らんだの。満足できることを想像して満足したの」

「おまけに文才もある」

「だからさ、今度は二人でも行こうね」

神崎が手にぎゅっと力を込める。まるで俺を逃がす気がないかのように。

「……そのうちな」

だから俺も華奢《きゃしゃ》なそれを握り返した。離れないように、しっかりと。

予想していなかったのか、神崎は「あっ……」と息を漏らして、そして笑う。

「そのうちっていつ？」

「……人類が滅亡したら？」

「縁起でもないこと言わないでよ」

冗談とはいえ、ここでくすくす笑うのもどうかと思うけどね。

俺たちは顔を合わせることなく、言葉を交わす。

中央改札の方から聞こえるピピっという音が、連鎖していてやかましい。

「なんで今日来たんだ？」

「休み中に一回も会えないのは、やだなあと思って。迷惑だった？」

「いや、全く。姫島だってあんな態度だが、俺と同じだと思うぞ」

「そこは篠宮の気持ちだけでいーの」

「そういえば、姫島のことはいつまで『姫島さん』なんだ？」

気になったことを聞いてみると、神崎は気に障ったのか眉をひそめた。

「……いつまでか。少なくとも当分はそのままだろうね」

答えになっているようでなっていないセリフだ。神崎はそれ以上、言葉を紡ぐ様子はないように見える。意外とタブーなことなのだろうか。女子って色々ありそうだからなー。

やがて姫島がトイレから戻って来るのが見えたので、惜しくも温かさと感触を手放すことにした。

「それじゃあ帰ろっか」

「はーい」

「待て姫島」

我先にと京浜東北線の方へ歩き出そうとする姫島を呼び止める。逃がすわけにはいかない。陰湿さで俺の右に出るやつはそういないだろう。

「荷物、ちゃっかり俺に持たせたままにしようとすんな」

「もう……電車一緒なんだから別にいいじゃないですか」

文句を垂れつつも姫島は俺から荷物を受け取った。こういうところは素直だ。

「断る。俺はお前の召使いじゃない」

「せっかくだから、報酬あげようと思ってたんだけどな〜」

「参考までに何か教えてくれ？」

「手の平返しはやっ⁉」

労働というのは対価があってこそ、尊いものとなる。大した重さもない荷物を持つだけで何かがもらえるなら、話を聞くくらいはしてもいい。どうでもいいが、「ちゃんと○○日休日があるよ！」なんて謳《うた》い文句《もんく》の求人広告を見かけるようになったところに、日本社会の闇を感じる。それは前提条件なんですけど！

「待って……篠宮、京浜東北線で帰るの？」

神崎は俺の最寄り駅が北与野であることを知っている。とすれば、そこに止まらない路線の電車に乗ることに疑問を抱くのは当然の流れだ。

しかし、その問いかけになぜだか姫島が先に答えた。

「先輩がわたしをどうしても送らせて欲しいと言うので、仕方なくです」

そう言って俺の右腕を抱く。……やはり、柔らかいのをお持ちだ。

「へー……そうなの？」

「捏造《ねつぞう》……というか逆です……」

姫島を引き剥がしてから、短く答えた。普段通りにこにこしているだけだというのに、その笑顔は初夏にはまだ早い。本能が思わず敬語を選択するほどの恐ろしさだ。

姫島が送れ送れとうるさいから、バイト初日からそうしているのが実際のところ。おかげで俺は最短距離で帰宅ができていない。なんてはた迷惑な。

「ふーん……じゃあ今日は私も送ってあげるよ、姫島さん」

神崎は俺と姫島の間に割り込むと、姫島の腕を抱いた。

「別に先輩だけでいいんですけど……」

「どうせ一緒なんだからいいじゃん。ほら、行くよ」

そしてホームに向かって歩き出す。姫島は戸惑いながらも、振り払う気はないようで渋々引っ張られている。俺もそれを眺めながら、続く。

お互いに仲良くする気はない、ということはなさそうな二人。磁石の間に紙を何枚も重ねているような、そんな関係性。

別にベタベタくっついて欲しいわけでも、バチバチ対立して欲しいわけでもない。ただ、その在り方が曖昧だから気になってしまう。

……気になると言えばもう一つ。姫島だ。

久しぶりに再会したコンビニや、神崎が文芸部に入部すると言ってきた時。道和さんのカフェでの口喧嘩《くちげんか》に今さっきのスキンシップ。

あいつは神崎が関わると……そして俺が関わると、攻撃性が増すというか、だいぶアクティブになる。……まあ普段からもめんどくさい絡みばかりだが。

その行動は、果たして何をもとにしたものなのか。

「……疲れてるから頭が回らないな」

駅までは荷物持ちを担当したわけではないが、人混みの中を歩き回ったのは事実。思い出したら足だけでなく体も重くなってきた。

俺としてはオーバーワークもいいところ。ボッチは自らを労《いた》わる能力には長《た》けているのだ。ここは正しい判断をするべきだろう。

幕間❤小さな立場と大きな世界

ゴールデンウィークが明けて初の登校。通学路は休み中の思い出に彩られた快活なムードと、休みが終わったことに対する陰鬱な雰囲気が混ざっていた。

教室に着いたわたしは荷物を席に置くと、教室後方に集まる三人の女子生徒のもとに向かう。これが姫島《ひめじま》かぐやのここでの役割だ。

「おはよ！　ゴールデンウィークどうだった？」

三人の目がこちらに向く。話題のチョイスとしては申し分ない。そのままいつも通りグループの中に受け入れられて、談笑が始まる。……と予想していたのに。

「……かぐや。一つ聞きたいんだけどさぁ」

三人の中で唯一席に座る、いわばこの固まりのリーダー。ギャルっぽい見た目の田島美《たじまみ》優《ゆ》が目つきを鋭くした。相変わらず、機嫌の悪さを表に出す性格は女王みたいだ。

「あんた、藤原《ふじわら》くんに告白されてたんだって？」

……しまった、そのことか。幸い教室には件《くだん》の彼はいないみたいだ。

「同じ部活の子に聞いたんだけど、どうなの？」

確かに藤原くんには四月に告白された。でもそれを知っているのは当人同士と……野次《やじ》馬《うま》の先輩しかいないはずだったのだが。

うーん……こういう色恋の噂《うわさ》ってどういう原理で広まるのか、わたしには未《いま》だ理解できない。

「されたよ。でも断ったから」

「そんなの当たり前じゃん。藤原くんが美優の好みだってことはかぐやも知ってたんだし。それで断らない方が友達としてやばいでしょ」

取り巻きの一人、彩夏《あやか》がここぞとばかりに口を挟む。もう一人の三咲《みさき》もそれに頷《うなず》いた。

別に美優のために振ったわけじゃないんだけどな……。藤原くん、見た目はいいけど、告白されても嬉《うれ》しくもなんともなかった。むしろこんなめんどくさいやり取りを増やされて、いい迷惑だ。

もちろんそんなことを言えるわけがないので、ため息とともに飲み込んだ。

「そもそも、それをあたしたちに言わない時点でおかしくない？　断るは断ったけど、いざという時のキープにしてるってわけ？」

見事な推理だ。もっとも、自分の事情をもとに作られた都合のいい的外れなもの、という意味だけど。

さて、どうやって乗り切ろうか。

野次馬ほど物的証拠を求めるものだ。言葉をいくら重ねたところで、この子たちは納得してくれない。彼女らの性格も踏まえれば、悪化の可能性だってある。

美優は今キープと言った。感覚はわからないけど、理解はできる。要は美優はわたしが彼氏を欲しがっていると思っている。そこが肝。……ラノベや漫画を読んでてよかった。

「わたし、実は彼氏いるんだよね。昨日もデートだった」

偽物の恋人を口先で作り上げる。それがわたしのこれまでの読書経験から浮かんだ妙案だった。

「「え、そうなの⁉」」

「……昨日」

取り巻き……じゃなかった。彩夏と三咲は驚きに顔を染め、美優は意味深にぽつりと呟《つぶや》いた。

「確か美優……昨日藤原くんたちと遊んでたよね？　インスタで見たよ」

昨夜ベッドの上で見た、いかにも「仲いいです」とアピールする写真。それが決定的な証拠になる。

「わたしはキープなんてしてないよ、美優」

「……ごめん。誤解だった」

「わたしも黙ってたから、お互い様ってことで」

こう返すのが穏便に済む一番の方法だろう。

まあ、告白されたことを話してたら話してたで「自慢してんの？」みたいな感じで同じ道を辿《たど》ってただろうけど。

それにわたしは謝って欲しいわけじゃない。ただ、居場所を用意してもらいたいだけだ。

「じゃあさ、もしかして昨日のかぐやのインスタのやつって……」

「……花のＪＫが一人でスタバに行くわけないでしょ」

「あ！　よく見たら男が写ってる！」

さっきから彩夏がスマホをいじっていたのは、確認のためか……って写ってる⁉

「ほんとだ。顔は写ってないけど、この服男物だし」

「匂わせかー。かぐやも隅に置けないなー、このリア充め」

「あはは……」

あの時急いで撮ったから、先輩が画角に入ってることに気づかなかったのか……。インスタ自体にあまり慣れてないとはいえ、こうなるくらいなら席を外してもらった方がよかったかもしれない。幻影が中途半端に形を得てしまった。

「そう考えると、うちらのゴールデンウィークは大したことなかったねー」

「一緒にしないでくれない⁉　でもまあ、あの子とかに比べればマシなもんでしょ」

彩夏と三咲が窓際の席に目を向ける。わたしもそれを追う。

黒髪の女子生徒がちょこんと座っている。手元の本に目を向ける横顔は、まるで人形のように端整で、同時に儚《はかな》さを備えていて。近づき難いというよりは、歩み寄ればその分離れて行ってしまいそうな雰囲気だ。

「いっつも本読んでるよねー。楽しいのかな？」

「友達いないからでしょ。休み中も引きこもってたに決まってるって」

偏見もここまで来ると、逆に尊敬してしまう。自分をここまで正当化することはわたしにはできない。

実はわたしは一度だけ、彼女と話したことがある。と言っても、一方的に声をかけられて聞かれたことに答えるという、単純作業のようなものだったけど。

確かそれは、この高校に入学して間もない時。わたしが美優のグループに所属したばかりで、先輩とコンビニで再会する前だった。

『この本、おもしろい？』

部活動体験のために、誰もいなくなって静まり返った教室。

わたしのカバンに入ったラノベ――大学生の兄から借りていた『告スペ』を指さして、彼女――玉枝《たまえだ》蓬《よもぎ》がそう訊《たず》ねてきた。

わたしがラノベにハマったのは、小学校高学年くらい。当時高校生だった兄が熱心に勧めてきて、読み始めたのがきっかけだ。

金銭面の問題があるため、ほとんどの作品はまず兄から借りて、もう一度読みたいと思えば購入し、自分の手元に置いておくというスタンスでずっとやっている。

『告白スペクタクル』は罰ゲームの公開告白から始まるラブコメ。正反対の主人公とヒロインが、自らの在り方と居場所を探し求めるというストーリー。さすがは大賞受賞作と言うべきか、作品としての完成度はこれまで読んできた中でも上位に入る。

だから、結果的に購入した。

『わたしはすごく好きなんだ、それ。主人公にもヒロインにも共感しちゃった』

『……どういうところが？』

『賢く生きてるところかな。自分が収まるべき場所に収まって、そこから動こうとしないところ。だからこそ、最後のシーンに引き込まれた』

我ながら、どうかしてるなと思いつつ、ネタバレにならない程度に答えた。

『……そうなんだ。参考になった』

抑揚のない声だったから、彼女の感情はわからない。憶えているのは、去っていく背中だけだ。

わたしはラノベが好きだ。

怒濤《どとう》の展開にページをめくる手が止まらなくなったり、感動的な場面に目頭を熱くしたり、人生観に訴えかけてくるような主人公の言葉にしばらくの間その箇所を眺めたりと、軽い文体で紡がれる物語はわたしを大いに彩ってくれ、そして小学生のわたしに衝撃を与えた。

でもそれを共有できる人は周りにいなかった。

いつからだろう。周りの女子が読んでいないことに気づいたのは。

いつからだろう。読んでいる男子がオタクと蔑まれ始めたのは。

いつからだろう。好きなものを、好きだと言えなくなったのは。

世界はわたしが考えるよりも広くて、思うより綺麗《きれい》なものじゃない。

自分の好きなものは伝わり切らなくて、理解されないものは悉《ことごと》く切り捨てられる。

だから、わたし自身を守るには、賢く生きるしかない。

使えるものは利用して、邪魔になるものは捨てる。……そのスタンスで、これまでやってきたはずなのに。ラノベのことになるとああだ。つい、熱が入ってしまう。

幸い、生活に影響はなかったけど、あれ以来、一人ぼっちの彼女とは話していない。

そういう意味では、あの時なんで話しかけられたか、気になるっちゃ気になるけど。

「ねえ、かぐや。その彼氏って……この学校？」

美優がぶっきらぼうに、爪をいじりながら問いを投げてきた。その存在に興味を持ったのだろうか。

「それ聞きたいー！」

「結構重大だよね、それ」

美優の後押し半分、本心半分って感じで二人も便乗する。

幻影のままで終わらせるなら、違うと答えた方がいい。いっそ大学生にすればその影は一層濃くなるだろう。兄の紹介とでも言えば、他の部活との関係が全くと言っていいほどない文芸部のわたしでも、違和感を与えることはまずない。

わたしは意外と理性的だと思う。でも今この時は、少し本能的な部分が……天使か悪魔かで言えば悪魔の方が、顔を覗《のぞ》かせた。

「一つ上の先輩……かな」

自分は今どういう表情をしているんだろう。口を動かしながらそう思った。

「年上なんだー……って、もしかしてあの水田《みずた》先輩!?」

「……誰それ？」

「この学校一のイケメンだよ！　超さわやかな！」

「ふーん……そんな人いるんだ。よく知ってるね」

「神崎《かんざき》先輩といい、水田先輩といい……かぐやが知らなすぎるだけだよ」

あんまり興味がないから、先輩以外の先輩は知らない。おまけで神崎先輩は知ることになったけど。

「とにかく、これでうちらにも先輩との関わりが増えるね」

「ちゃんとパイプになってよー、かぐや！」

先輩にかける期待が大きすぎる。あの人、生徒通り越して香純《かすみ》ちゃん紹介するレベルで周りとの関係断ってるでしょ。まあ、そもそも彼氏じゃないけど。

彩夏と三咲は長い物には巻かれろスタイルなだけで、基本的にわたしに対してそこまで厳しく当たることはない。

問題は――。

「そっかぁ。あんたが選ぶってことはさぞかっこいいんだろうね」

本音かはたまた皮肉か。迷いなく前者と判断できないあたり、美優の性格は純真無垢《むく》とは言えない。この世に純真無垢な人なんているのかどうかはこの際置いといて。

「どうだろう。わたしは藤原くんよりかっこいいと思ってるけど」

……あれ。なんでわたし喧嘩《けんか》買ってるんだろう。今日のわたし……先輩が関わると思考の前に口が動いてる。

「うわ、惚気《のろけ》だ〜」

「三咲うるさい」

と言いつつ内心では感謝しておく。今ので空気が弛緩《しかん》した。

美優は「仲が続くといいね」と不機嫌そうに視線を逸《そ》らして言ってから、スマホをいじりだす。

ここ限定の恋人関係。それでもその響きは、わたしの頬《ほお》を緩ませるのに十分だった。

第三話 ❤ 回答と解答

春から夏。何を以《も》って季節の変わり目とするかはその人次第だ。

例えば自然。芽吹きの色でいっぱいだった景色に、新緑の力強さが宿りだした時。

例えば気候。春の陽気の代わりに、青々と澄みわたった空を見る機会が増えてきた時。

そして服装。道行く人の出《い》で立《た》ちが、軽く涼しげなものに変わっていた時。

五月も中旬を迎えたことで、我が稜永《りようえい》高校でも衣替えが実施された。

校内では誰もがワイシャツ姿で過ごしており、厚手のブレザーを羽織っていたのが遠い昔のように感じるほどだ。首元を締め付けていたネクタイもなくなり清々している。

「ねえ、そっちに行ってもいい？」

向かいに座る神崎《かんざき》が声をかけてきた。装いはもちろん夏服。薄手の生地はやはり、彼女の線の細さを引き立てる。

どうやら弁当を食べ終わったようだ。

こんな風に確認してくる時もあれば、最初から行動に移してくる場合もある。相変わらず基準は謎だが、いちいち振り回される俺ではない。

「ちなみに断ったらどうする？」

「拗《す》ねる」

「随分可愛《かわい》らしいな」

もっとバイオレンスなものが控えていると予想していたのだが。正直俺にとってはそっちも魅力的だ。

「一年間ずっと」

「……期間がだいぶ拗《こじ》れてるようで」

前言撤回。拗ねることの良さはたまに見せる幼い一面として見るからこそ引き立つのであり、それが長い時間ずっと続けばただの仏頂面になってしまう。俺みたいな。

「いいぞ。別に」

読んでいた本を閉じて了承すると、神崎は椅子を持ってテクテクと隣にやってきた。

そしていきなり俺の腕をペタペタ触り始める。……すっげえくすぐったい。

「男の子にしては結構肌白いよね」

「ケアばっちりだからな」

「してるの？」

「ああ。家から基本的に出てない」

「それインドアなだけでしょ」

ひとしきり腕をいじった後、神崎は俺の肩を枕にするように体を預けてきた。

「……篠宮《しのみや》の半袖姿、正直ギャップでやばい」

「正直何も伝わってこなくてやばい」

最近のＪＫは、学生という括《くく》りを超えて一個体として存在してる感がある。流行の最先端を押さえていたり、新たなコミュニケーションを確立していたりと色々やばめ。俺たちを置いて行かないで欲しい。

「普段クール気取ってる人が肌を晒《さら》すのがいいってこと」

「なるほど……って悪口混じってんだろそれ。別に気取ってないわ」

俺の場合はクールというより、自己主張のない無個性人間と思われてる説の方が濃厚。

でもまあ、イメージとしてはなんとなくわかった。肌という単語が多少なりともフェチを漂わせているので、そこを「感情」と当てはめてみたら意外としっくりくる。

「今日、どうしたんだよ？」

なんとなく口にしてみた。ピクリと反応する。

「……どうしたって？」

「なんか普段よりも……近い」

物理的な意味もあるが、精神的な距離感がいつもと異なる気がしている。

神崎は俺をよくからかう。大胆な発言や行動で俺を動揺させ、そりゃあもううまい具合に自分のペースに持って行って。

ただ今日は余裕がない。自分で自分のペースを乱して、どこか焦っているような印象を受けた。

「今日からテスト週間だね」

「あー……一週間前だからそうだな」

進学校である稜永高校は、定期テスト一週間前になると放課後の部活動が一時的になくなる。それがテスト週間。

「勉強は順調？」

「いつも通りだな。この一週間で復習して終わり」

「意外と計画性あるよね、篠宮」

「首席様に言われるとは恐悦至極」

こんな蛇足もあっていい。時間がある時は遠回りをしたくなるものだ。

「──お願いがあるんだけど」

神崎が訪れつつあった静寂を破った。

「なんだ？」

「今回のテストで全教科満点取ったら、何でも言うことを聞いて欲しい」

「……大きく出たな」

ずっと首席の神崎でも、そんな成績をたたき出したことは一度たりともない。教科数が少ない中間でもだ。この事実だけで難易度が窺《うかが》える。

「駄目かな？」

「……いや、俺の株価も意外と捨てたもんじゃないと思っただけだ」

正直驚いた。俺は無条件でお願いとやらを聞くつもりでいたし、要望に応えようとも思っていた。それはきっと神崎もなんとなくわかっていたはずだ。

それでも彼女は条件を自ら提示した。迂遠《うえん》にも聞いてもらう口実を作ろうとした。

そこにどんな真意があるかは知らないが、神崎が自分で決めたことだ。俺が口を挟むのは無粋であり、ただ壁の向こう側で待つことだけが俺に許された唯一の行動だ。

「これから先、大暴落の可能性もあるかもよ？」

「その時すぐに手放すのは悪手らしいぞ」

「手放さないよ。ずっと」

神崎は姿勢を元に戻してから、切り替えとばかりにぐぐーっと伸びをした。

「そういうことなら、今回のテストはいつもより頑張らないとね！」

問題は後回しにしただけ。解決も深刻化もしていない。

しかし様子を見る限り、空元気というわけでもなさそうだ。

「張り切り過ぎて体壊すなよ」

それならば、俺がかけられる言葉はこれくらいだろう。


……………♥……………


帰りのホームルームが終わり、放課後を迎えた。

テスト週間ということで部活動に向かう生徒はいないが、その代わりに教室に残る数が増えた。既に机にかじりついている者もいれば、談笑しつつ、これからどこへ向かうのか決めている連中もいる。

神崎もその中の一人だ。舞浜《まいはま》と何やら楽しそうに話している。きっと一緒に勉強でもするんだろう。

では俺も気の向くままに帰るとしよう。

教室の光景に背を向けて、家に向かおうとしたところだった。

『先輩、勉強教えてください！』

そんなメッセージが姫島《ひめじま》から送られてきた。

『めんどくさいから無理』

俺も鬼じゃない。無視ではなくしっかり断ってやる。するとすぐに既読が付いた。

「……返信はないのか」

文句の一つや二つは覚悟していたのだが、スマホは揺れない。……不気味だ。恋心と警戒心は紙一重なんだと思う。

「──きゃっ！」

「わ、悪い……すいません」

階段の踊り場にてぶつかってしまった女子生徒。長い黒髪の先端は扇子のように床に広がってしまっている。

彼女──波盾《なみだて》会長は俺を睨《にら》みつつ、手すりを支えに立ち上がった。パッパッとスカートがはたかれる。

「……歩きスマホとは感心しないわね。校則で取り締まった方がいいかしら？」

こんなベタなぶつかり方をするなんて、相変わらずドジですね。……とは言えないので。

「全面的に俺が悪いですけど、権力をひけらかすのは良くないと思います」

「あら、私はそのためにこの役職に就いたのだけど」

「少なくとも一般生徒には隠す方向で行きましょうよ」

「冗談よ。でも危険なのは事実だから、前を見て歩きなさい」

そう忠告して「さようなら」と階段を上っていく。進行方向とは反対になびく黒髪は、幼い頃田舎で見た天の川を想起させた。

てっきり何か言われると思った。廃部の件について本人の口から指摘されるものだと思っていた。

「――あ、そうだ」

会長が足を止め振り返る。

「糸井《いとい》先生、教室にいるかしら？」

「そういえば……まだいた気がします」

「そう。職員室にいなかったから、もしかしたらと思ったのだけど……無駄足ではなかったようね」

「あの、一ついいですか？」

「ん？　何かしら？」

会長はわざわざ踊り場まで下りてきた。つい呼び止めてしまったのだから、せめて時間をかけないようにしなければならない。

「部活のことなんですけど――」

「感謝なら必要ないわ」

俺が切り出すと、会長は勢いよく切り捨てた。

「ああ、誤解しないで。その気持ちを無下にしたいわけではないから」

フォローを入れてから「ただ……」と続ける。

「私たちは対等な関係だったはずよ。君を私が無条件に特別扱いして、この結末を迎えたわけじゃない。君が私の提示した条件を満たしたから、私も動いた。それだけのこと」

「そんなビジネスみたいな」

「そうね。だからこそ、感情を入れ込む意味はない。違う？」

ドライな思考。そう片付けられれば楽だったのに、この人の微笑《ほほえ》みには温かさがあるように感じる。捨てられる直前のカイロみたいな、手放すのを拒んでしまうほのかな温《ぬく》もり。

「同意を求められても」

「君なら頷《うなず》くと思ったから」

「…………」

この人に対して、本当に感謝の心を持っていたのだとしたら、そもそもこちらから出向いて真っ先にそれを伝えようとするはずだ。都合よく出くわしたこのタイミングで言葉にした時点で、俺の本質は浮き彫りになっていた。

「それじゃあ私はこれで。テスト、お互い頑張りましょう」

再び去っていく、ピンと伸びた背中。最後まで見送る気にはなれなくて、俺は下駄箱《げたばこ》に向かった。

「げ」

下駄箱に着くと思わず声が漏れた。姫島がカバンを持って立っているのだ。それも二年生の下駄箱の前で。……あ、こっち向いたばれた。ふくれっ面で向かってくる。

「――先輩遅い！　どこで油売ってたんですか！」

お前は俺の母さんか。寄り道して帰ったことないから言われたことないけど。

「勝手に待ち伏せしといて俺を責めるとかどういう了見だ」

「おかげで奇異の目で見られたんですよ。あの可愛《かわい》い子は誰だーって。何回か声もかけられましたね」

「息をするように自己アピールすんな。で、なんで待ち伏せしてたんだよ？」

まあ、心当たりはあるが。

「先輩に勉強を教えてもらおうかと！」

「めんどくさいから無理」

さっきのトーク画面のやり取りがそのまま現実で具現化した。脇を通ろうとすると、姫島が両手を広げて立ちはだかる。アリクイの威嚇にしか見えない。

「なんでですか！　バイトの時は手伝ってくれたじゃないですか！」

「あの時は事情が事情だったからだ。今回は俺じゃなくて教科書に頼れ」

「じゃあ変更です！　一緒に勉強しましょう！」

果たしてそれは変更というのだろうか。一方的に施すのではなく、互いに教え合うという意味であれば異なるが、一年生のこいつが二年生の俺に教えられることなどないはずだ。

「お断りだ。勉強は一人でできる」

だからテストが返された後、点数を見せ合ってマウント合戦をする必要性はないのだ。

自己完結しているボッチは優秀。

「じゃあな。まあ頑張れ」

「……待ってください」

腕のバリケードをかいくぐると、今度はくぐもった声で呼び止められた。

「このままだと赤点を取っちゃいます」とでも懇願するつもりなのだろうか。俺は鬼ではないが、同時に聖人でもない。頼みごとに無条件に首を縦に振るなんて見当違いもいいところだ。

「バイト代、要らないんですか?」

「残念だが今回の俺は説得……ん?」

姫島の言葉に違和感を覚えて振り返る。含み笑いが出迎えた。

「休みの最後の日の夜、おじさんから電話があったんですよ。先輩の分の給料はわたしが渡してくれって」

……そうか。道和《みちかず》さんの元でのバイトは形態としては日雇い。給料は直接手渡しになる。しかし俺たちは最終日のバイトを途中で上がっている。そうなると確かに、俺との直接的関係を持たない道和さんは姫島を頼るしかない。……というか。

「バイト代の存在、普通に忘れてた……」

想定したよりも仕事が少なく、どうにも労働をしている気がしなかったのが大きな要因だろう。

「なかなか指摘してこないと思ったら、そういうことだったんですね」

「そういうのはすぐに伝えろよ。報連相が大事って教わらなかった？」

「武器になるかもって思ってたので黙ってました♪」

こいつ……。目の前の顔には先ほどまでの必死さは消えている。

「つまり先輩の報酬はわたしの手の中ということです」

遠回しに話すところがなんとも憎らしい。そんなに俺が屈服する様を見たいか。

人は忘れる生き物だ。四《よ》つん這《ば》いで歩いた床の感触から、昨日の夕飯まで実に幅広く過去の出来事が忘却される。しかしそれでも記憶に残るものもある。思い出や黒歴史がその類だ。

忘れたくないもの。忘れたくても忘れられないもの。どんな形であれ、残ったものはそいつにとって重要な何か、というわけだ。

前置きが長くなったが、記憶に残るものが大事なら逆説的に忘れたものはどうでもいいことだ。だから、俺にとってのバイト代もそれまでの存在だった。それだけのことだ。

「………勉強するか」

無理だった。どうにか理屈で自分を説得することを試みたが、給料が渡されないということは俺はただ働きをしたも同然。さすがの俺も改めてその存在を認識した今、今年のゴールデンウィークは無価値だったと切り捨てることはできなかった。元々そんなもんだろとかは言わないで欲しい。

「もう、先輩ったら優しいんだから〜！」

ははは、この後輩ったら白々しいんだから〜。

「どこでします？　家？　先輩の家ですか？」

「お前は絶対に中に入れてやらん」

「なんで⁉」

騒がしくされたらたまったもんじゃない。美玖《みく》だっているし。

「とりあえず学校でいいだろ。お前の場合、移動先で集中してるイメージが浮かばない」

「失礼ですね！　そんな幻想ぶち殺してやりますよ！」

意気揚々とそげぶ宣言をしてくれたが、実際は黙々とテスト勉強に励むだけ。シュールすぎる。迫力が追い付いてない。

「誘惑は少ない方がいい。人によって集中できる場所も違うしな」

「まあ別にこだわりがあるわけじゃないので、全然いいんですけど」

少し考える仕草を挟んで姫島が「じゃあ……」と切り出す。

「そうなると部室ですか？」

閑静な空間。真っ先にそこを挙げるとは見る目がある。ただ。

「テスト週間で鍵締まってるだろうから無理だな」

「鍵って部長の先輩が管理してるんじゃないんですか？」

「糸井先生がしてる。朝に他の教室と一緒のタイミングで開けて、俺たちが帰った後に閉めてるらしい」

本人曰《いわ》く「こういうのは人に預けられない性分でな」とのこと。俺も集団行動の時、トイレに毎回荷物持って行ってたからわかる。

「へー……ほんと、名前だけの部長ですね」

「ほっとけ」

「それで、部室が駄目となると……」

「図書室だな。あそこは利用者も実際にいるから開いてるはずだ」

「問題は空いてるかですね」

「三点だな」

「低っ⁉　採点厳しいですよ！」

「どや顔で二点マイナス」

「ひどっ⁉　……って五点満点ですか。案外高いですね」

「大喜利をしてる暇あったら行くぞ。最悪空いてなかったら、糸井先生に部室を開けてもらえるように頼み込めばいい」

あの人のことだから、テスト作成中でもなんだかんだ了承してくれるだろう。めちゃくちゃ嫌な顔されるだろうけど。

図書室に足を向けると、何かが足にぶつけられる。その後不満げな顔をした姫島が隣に並んだ。カバンか。

「先に行くなって散々言ってるじゃないですか。最終日のテストも不合格でしたし！」

「もしかしたら俺は背中で語るタイプの男なのかもな」

「もっとムキムキになってから言ってください」

無茶《むちゃ》言え。背筋鍛えんの難しいんだぞ。家でやってたら美玖に「あざらしみたい……」って白い目で見られるくらいだ。せめてオットセイって言って欲しい。

…………………♥…………………

チクタククチクタクカリカリ。秒針とシャーペンが競走をしている。

(空いててよかったですね)

（そうだな）

小声で言葉を交わす俺たち。さすがの姫島もこの、喋《しゃべ》ったら死刑みたいな雰囲気では大人しくなるようだ。

図書室は本棚が並ぶスペースと、円卓が二列を成して並んでいるスペースに大まかに分けられている。

しかし席が三人掛けでよかった。四人掛けで相席だったら勉強どころじゃなかったぞ。

（先輩は何からやります？）

（数学）

通常ひそひそ声というのは目立つものだが、皆さんそれ以上の集中力なので迷惑になってないはずだ。嫌なものを見る視線も特に感じない。

（得意なんですか？）

（苦手だからやるんだよ。今んとこ、赤点取る自信しかない）

（……駄目な方じゃないですか）

俺が駄目なんじゃない。日に日に難易度を増していくあいつが駄目。

（じゃあわたしも苦手なやつやります）

と言って姫島が取り出したのは古典の教科書と文法の解説書。

（古典苦手なのか？）

（現代文はまあできるんですけど、時代が遡るとからっきしで）

（ほー、普通逆のイメージだけどな）

ある程度感覚を要求される現代文と異なり、古典は用語や文法、大袈裟《おおげさ》な話、すべての作品の概要を憶《おぼ》えれば問題が解けてしまう暗記科目もどきだ。まあ俺はどっちもできるんだけど。

（別世界の言葉って感じがして体が受け付けないんですよね。英語の方がまだ得意です）

（そんなお前に耳よりの情報がある）

（え、なんですか？）

姫島の瞳に期待の輝きが宿る。しかしそれは、俺がカバンから出したものを見てすぐに失われた。

（お前が来年出会う古典の教科書だ）

（……違う運命ってありますか？）

（恐らくないな。赤い糸で繋《つな》がってる）

（こんな分厚いのと繋がってても嬉《うれ》しくないです……）

姫島の持っている教科書の約二倍の厚さ。それを前に姫島は机に突っ伏してしまう。

（見てもいいですか？）

（下見か。意識高いな）

（エベレストの後に富士山登ると大したことないじゃないですか）

（……そういうことね）

ていうかお前、どっちも登ったことないだろ。富士山だってそう簡単なもんじゃないぞ。俺も経験ないけど。

姫島は突っ伏したままペラペラとページをめくっていく。その度にため息をこぼしながら。どうやら内容というより、量を確認したかったようだ。

「――――！」

まるで鬱屈を固めたような表情に変化が起きた。手を止め目を開け、あるページを眺めて数秒。

（だいたいわかりました）

教科書を閉じて俺に差し出す。もう十分という雰囲気だが、姫島はまだ半分ほどしかチェックしていない。

俺に古典を勉強する気はないので、早速それをカバンに片付けた。……ん？

ポケットで振動があったので、机の陰でスマホを取り出す。画面に表示されているのはラインの新着メッセージ。

『姫島さんと仲良く勉強？』

差出人は……神崎。え、待ってなんで知って——。

初めて周りに意識を向けた。姫島の背後の円卓。平面図としては俺たちの斜め前方のテーブル。そこに彼女がいた。

あ、目が合った。……素敵な笑顔ですこと。

どうやら舞浜も一緒のようだ。彼女はこっちに背を向けているため、気づいた様子はない。

（先輩……？）

姫島は手元のプリントから顔を上げ、次いで俺の異変に気づいたのか後ろを振り返った。

すると神崎は冷たさを引っ込めて微笑。控えめに手を振った後、頭に疑問符を浮かべる。

以上、姫島の顔が見えないので、神崎の様子の変化をお送りしました。さあ、二人の間に一体何が起きたのか。私には皆目見当がつきません。

（先輩）

姫島がこちらに向き直った。その口元には見覚えのある笑みが浮かんでいる。……嫌な予感。

（ここ、よくわからないんですけど）

わら半紙の空欄を指さしながら、椅子ごと俺との距離を詰めてきた。器用なことに音は立てずに。

（……なんで近づく必要がある）

（わたし、目悪くて）

（前にマサイ族並みとか言ってただろ）

ちらと神崎の方を見やると相変わらずにこにこしている。……わかってるよ。俺はお前の彼氏だ。

こいつが近づいてくるなら、俺がその分離れる。そうすれば理論上、距離は元のままだ。

ということで俺は座る部分に両手を――。

（まあまあ、距離なんて関係ないじゃないですか）

俺の右腕を姫島が抱える。……こいつ自分の武器把握しすぎだろ。

（……その言葉、そっくりお前に返してやる）

（耳が悪いのでよく聞こえません♪）

（お前の器官どれも都合よすぎだろ！）

そして今度は声帯が不調になったみたいだ。耳に口を寄せてきた。

(もしかして先輩、わたしのこと意識してるんですか？)

安い挑発だ。気持ちなんていくらでも口先で偽れる。俺も……こいつも。

自分の感情は自分だけのものだ。恋だって、自分の「好き」と相手の「好き」が重なる瞬間こそが一番尊い。だから、その模様を可視化、俯瞰《ふかん》することのできるラブコメに根強い人気があるのだろう。

姫島の今の発言、今までの行動。すべてを吟味した上で出てくるのは結局、推測の域を出ないこいつの気持ち。成長すればいわゆる勘違いに育つものだ。

知った気になるな、わかったつもりでいるな。そう自分に呼びかけて一番の選択をする。

(胸、柔らかいな)

「……っ！」

姫島は頰《ほお》を赤らめると、組んでいた腕を放して俺と距離を取ろうと試みる。

――ガタッ。

誰であれ突発的な音には反応する。図書室に響いた椅子の鳴き声に、生徒の視線が次々と俺たちに集まっていく。

周りの変化をひしひしと感じたのだろう。姫島は動揺を隠しきれていない様子で、ひっそりと腰を下ろした。

やがて興味が失《う》せたのか、周囲は不満を俺たちに向けつつ勉強に戻っていった。

（……セクハラ）

向かいから睨《にら》みも一緒に飛んできた。

（自信がありそうだから褒めただけだ）

（最低です死んでください）

（なら今後はやめるんだな。男はお前が思うよりむっつりだぞ）

中学からの先輩後輩である前に男と女。肉体を使ったからかいが冗談として処理されなかった際の恐怖は、本能に刻み込まれているはずだ。ハニートラップなんて、誰もが使いこなせるわけがない。

（で、どこがわからないんだ？）

（………………ここです）

自分で解けると言い切れない悔しさが声に滲《にじ》んでいる。ごめんな、セクハラ最低野郎が古典できて。でもあの古事記だってエロイんだからな。

（まず主語と述語、目的語をはっきりさせろ。その上で単語を訳せばいい）

（それで、肝心の単語の意味は？）

（自分で調べて憶えろ）

（……けち）

姫島は渋々スマホを手に取る。その場ですぐにわからないことを調べられる……いい時代になったもんだ。

じじ臭い考え事をしていると、またスマホが揺れた。相手は言うまでもない。

『姫島さんと何かあったの？』

ちらと神崎の席を見ると、彼女だけでなく舞浜も不思議そうにこちらを見ていた。

うーん……胸を褒めただけなんて送ったら多分悲惨なことになるな。かと言って一瞬でも、あれだけ注目を集めてしまったのだからとぼけるのも無理がある。

トーク画面を眺めながら、返信内容に悩んでいると再び神崎からメッセージが。

『ふーん……言えないことなんだ？』

察しが良すぎる。これ素直に返してもだんまりを決め込んでも詰んでるだろ。

仕方ない。ここはできる男風に返しておこう。気分はまるでバーでグラスの氷をからんからんと鳴らすように。

『だとしたら？』

あくまでも神崎の感覚に任せるというスタンスで行く。やばい俺超かっこいい。

うまく躱《かわ》せたと安心したのも束《つか》の間《ま》。すぐさま返信が来た。

『世界恐慌』

……は？　どういうこと？　予想の斜め上を行く内容に頭が混乱する。完璧美少女の感覚は一般人には理解できないというのか。とりあえず、

『1929』

と返した後、即座に、

『世界史は中間の範囲外だし、世界恐慌はどのみち出てこない』

と送信した。全教科満点を狙っているからと逆に空回りしていなければいいのだが。

『知ってる。ばーか』

心配は杞憂《きゆう》だったようだ。しかしそうなると、やっぱり意味不明で。どれだけ文字列を眺めようとも、神崎の意図は読み取れない。

（数学、やらないんですか？）

（……今からやる。スロースターターなんだ、俺は）

わからないことに意識を割いたってしょうがない。今の俺にはやるべきことがある。

数学で赤点を取るなんて失態、許されるはずがない。

覚悟を決めて教科書のテスト範囲の部分を開いた。……わからないことにも立ち向かわなきゃならない時もある。

第四話♥灯された道

中間テスト初日が終わった。午後の余った時間を謳歌《おうか》すべく、クラスメイトは各自行動を開始する。

「…………はあ」

疲れた。これ以上ないくらいに。机のひんやりとした感触が心地よい。

しばらく突っ伏したままリラックスしてから、ようやく立ち上がった。

数学二教科プラス古典と闘いを繰り広げたわけだが、裏を返せばこの後のテストにはあいつらはもう出てこない。張り詰めた糸を多少緩めても問題ないだろう。さすがにちぎれたらもったいないが。

ベストは尽くした。後悔するよりは続く二日目、三日目に向けて英気を養う方が賢明だ。

ということで、俺はゆっくりゆっくり帰宅することにしましたとさ。

「――待ちなさいよ」

廊下に出ようとすると、糖分を求めている頭にキーンと響くような声が。まだ帰れないみたいだ。

「……なんだ?」

「うわ、辛気臭い顔。うつるからやめてくんない?」

「……あいにくデフォルトなんだ」

「だったら取り繕う努力ぐらいしなさいよ」

「お前の前じゃその気にならない」

「どういう意味よそれ⁉」

教室の出口を塞ぐわけにはいかないので廊下に出ると、舞浜《まいはま》もぷりぷりしながらその後を付いてきた。

どうやら今のが本題ではないようだ。余計なお世話とはまさにこのこと。

「あんたに会いたいって子がいるんだけど」

「はあ……そんなあからさまな罠《わな》に俺が引っかかるわけないだろ」

俺はルアーじゃ釣れないエリートボッチ。会話はほとんどしないし、歩いているだけでフラグが立つような容姿でもない。そこら辺は弁《わきま》えている。

だからそんな見え見えの餌には食いつかなければ、集団に料理されることもないのだ。

「は？　何勘違いしてんの？」

「え？」

むしろ勘違いしてないと思うんだけど。

「もしかして嘘《うそ》告白とか考えてる？　うわ、自意識過剰〜」

「いや、だって……え、そういうことじゃないの……？」

「そんなわけないでしょ。だいたいそういうことは自分で直接が普通じゃない」

……確かに。そもそもの前提をすっ飛ばして考えていた。俺超イタいやつなのでは？

「会いたい＝告白の用事とか、どんだけ単純な脳内回路よ」

「ぐ……」

舞浜の言葉がここまで刺さったのは初めてかもしれない。やばい恥ずかしい死にたい。

でも俺にも言い分はある。そもそもこいつが「会いたい」なんて紛らわしい言葉を使わずに、「用事があるみたい」と濁してくれれば、きっと多分恐らく、俺も勘違いをせずに済んだはずだ。

だから目の前で「やれやれ、これだから童貞は」みたいにため息をつくこいつにも罪はある。俺は悪くない。

「……間接的に接触しようとするやつだっているかもしれないだろ。漫画読め、漫画。イケメンの友達である主人公が、イケメンに物を渡すよう女子から頼まれるイベントをお前は知らないのか⁉」

「何熱くなってんのよ……。全部の物事を普遍的に捉えるのは無理に決まってんじゃない。主観が入るのはしょうがないわよ」

お前の考えだったのかよ、ダイレクトアタック。さも一般論かのように言うからわからなかった。

「お前も意外と乙女なんだな」

「……何よ、悪い？」

日本人離れした色白の肌がかあっと赤く染まっていく。いつもの勢いで否定しないあたり、その単語には慣れていないのかもしれない。

こいつは真《ま》っ直《す》ぐで、愚直だ。思えば恋にも、一生懸命だった。

その姿は、随分と曲がって、歪《ゆが》んで、捻《ひね》くれてしまっている俺にとっては眩《まぶ》しい。

「普段クールなやつが感情を露《あら》わにすると、ギャップがあるらしい」

「……だから？　それが何だってんのよ」

「いや、ただの独り言だ。ＳＮＳに流れるポエムみたいに思ってくれればいい」

「あんたまさか……」

「してない。してないから」

そうやって引かないであげて欲しい。

誰にだって綴《つづ》りたい思いや考えがある。聞いて欲しい気持ちがある。でもそれを自由に口にすることは、物語の主人公くらいにしか許されていない。モノローグなんてリアルじゃ共有できない。だからせめて公の場に吐き出すくらいは、大目に見てもいいと思う。

そろそろ本題に戻るか。

「で、そいつはどこにいるんだ？」

「多目的ホールにいるって言ってたわ。演劇部の一年生よ」

後輩か……レアキャラの俺を知ってるなんて見込みがあるな。

「なんでお前に演劇部の後輩とのパイプが？」

「……入部したの」

控えめに舞浜は口を動かした。別に恥ずかしがるものでもないだろうに。

「意外だな。演技に興味があったのか？」

「いや、演技というより……ってあたしのことはどうでもいいわよ！」

「それもそうだな」

「……それはそれでむかつくわね。一発殴らせなさい」

「暴行罪も知らないのかよ。めでたいやつだな」

「琴音《ことね》が文芸部に入ったのだってあんたの差し金でしょ。おかげですでに出来上がってる部員の輪の中に、一人で入ることになったんだから。うん、やっぱ殴らせなさい」

「あれは神崎《かんざき》の独断だ。俺には関係ない」

「まるであの子があんたに気があるみたいな言い方しないでくれない？」

「してねえから。被害妄想強いな、お前」

ちらと周りの様子を窺《うかが》う。ただ厄介そうに見られているだけで、幸い話を立ち聞きしているような輩《やから》はいない。

ここは廊下で通路だ。そこで立ち止まっているとなれば、多少なりとも目立つ。おまけに教室の中には今日も勉強に励むクラスメイトがいる。ここで騒ぐのは迷惑だ。

「んじゃ、とりあえず行くか」

「そうね。あの子を待たせちゃ悪いし」

舞浜は当然のようにカバンを肩にかけなおす。

「え、お前も行くの？」

「立ち会いをお願いされてんの。結構人見知りっぽいのよね」

「……絶対告白の類じゃないじゃん」

こいつ伝言ゲーム下手すぎ。最初にそれ言え。絶対勘違いしなかったわ。

「それに……あたしも道中で話したいことあるし」

「残念だが、俺はお前の気持ちに応えられない」

「あたしだってあんたは願い下げよ！　ていうかそっち系の話じゃない！」

「ジョークだ、ジョーク。何勘違いしてんだ」

「……あんた意外と根に持つわね」

何言ってんだ。どっからどう見てもそう見えるだろ。

…………………………♥…………………………

人気《ひとけ》がない廊下を歩いて目的地へと向かう。揃《そろ》わない足音が、俺たちの関係性を表している気がする。

「この前、怜斗《れいと》があたしに用があるって話しかけてきたの憶《おぼ》えてる？」

「そういえばそんなこともあったな。あ、一つ聞いていいか？」

「珍しく意欲的ね。いいわよ」

「そいつの名字なに？」

「……知らないのね。クラスメイトなんだから憶えなさいよ」

「ターニングポイントがあれば憶える」

デスノートを持ってるわけじゃないんだ。関わりのない相手の名前を憶える必要はない。

「氷室《ひむろ》よ。氷室怜斗」

「……鈴木じゃないのか」

「なんで残念そうなのよ……。あと、全国の鈴木さんに謝りなさい」

ただでさえ名前がかっこいいんだから、名字くらいありきたりなやつにしろよ。やっぱり神様は不平等だ。

舞浜は仕切り直しとばかりに咳払《せきばら》いをした。

「そこで聞いたの」

「何を?」

「琴音が……俊《しゅん》と付き合ってるっていう噂《うわさ》が流れてるって」

「……そうか」

その名前を久しぶりに聞いた。いつかの出来事が頭の中でフラッシュバックする。

「あたしたちの学年の中だけの話らしいけど、いずれ全学年に広まるんじゃないかって。ほら、二人とも有名人だし」

「……お前は知らなかったのか？」

「こういう色恋沙汰の話って、当人の知らないところですることが多いから。多分、琴音と一緒にいることが多いあたしにも、回ってこなかったんだと思う」

まず外堀が埋まっていくってわけか。その当人とやらに果たしてあいつは入るのか。

「俊の、あいつの狙い……琴音の噂を流した目的……憶えてる？」

どうやら舞浜も似たようなことを考えていたらしい。つくづく、神崎関連になると気が合うものだ。

「神崎を彼女にするため。……いや、彼女というステータスに当てはめて、自分の立場をより強固なものにするためだったな」

そうなると。

「それ達成されてない？　過程は違うけど、ゴールには辿《たど》り着いちゃってる……わよね？」

「いや、まだだろ。あんな回りくどいことを考えるくらいだ。噂程度じゃ納得しない」

噂は伝染して広まりやすいが、事実とは限らない。同時に、消える可能性があることは、あいつが一番知っているはずだ。あれだけ人気への執着があるなら、仮初で満足できるわけがない。

「だから多分、真の意味であいつの心が満たされるのは噂がある程度確実になって、実際にその真偽を本人に確認してくる輩が出てきた時だ。そこで頷《うなず》けば、終わる」

少し喋《しゃべ》り過ぎた。喉が渇いて水分を求めている。

「自販機寄っていいか？」

「いいけど……」

了承を得たので道のりを変更。一階にある自動販売機へと向かった。

「お前もなんか飲むか？」

「え……じゃあリンゴジュース」

「百円」

「奢《おご》る雰囲気だったじゃない！」

口では反発しつつ、百円玉を俺に手渡した舞浜。安いよなぁ、ここの。学生万歳。

先に舞浜の分を購入して、次に俺の分だ。……お茶でいいか。ブラックの気分じゃない。

しばらく指先を迷わせた後、ボタンを押した。

「今更だが、演劇部のやつ、時間の指定はあったか？」

「ないわ。だから最悪そうやって言い逃れればいい」

「……お前、意外と最低だな」

「先輩の特権よ。それに、あんた程ではないわ」

舞浜は含み笑いを浮かべ、リンゴジュースを少し口に含んだ。俺はごくごくとそれを追い抜く。

「さっきの。あれだけそれっぽいことを並べてたけど、結局推測に過ぎないのよね」

やっぱりこいつ最低だ。ここに来ることになった要因を、あっさり意味ないって切り捨てやがった。

「でも無理ないわ。一年一緒の部活で過ごしたあたしだって、あいつのことはわかってなかったんだから」

舞浜は意味もなく視線を上に。その目にはきっと天井とは別のものが映っている。そんな気がした。

「慰めなくていい。俺も承知の上だ」

「じゃあなんで話したのよ」

「推理は披露したくなるもんだ。探偵の信条だな」

どっかの先生の気持ちがわかったかも。

「あんたはいつ探偵になったのよ……」

要因こそ無意味だったが、この休憩自体は有益なものだった。一息ついて気になったことを頭でまとめる。

「噂の根元にあるのは何か聞いたか？」

「それは聞いてない。あくまでもあたしは怜斗から間接的に聞いただけだから、全容にはそこまで詳しくないわ」

「それもそうだな」

となると確認するべきことは噂自体というより——。

「氷室がこのタイミングでお前にそれを話してきたわけはわかるか？」

舞浜は喉をまた潤してから頷いた。

「あたしと琴音がサッカー部を退部したことに関係してる。もしかしてその噂が原因だと思ったって言ってたし。ていうかこっちがあいつにとっての本題ぽかった」

「氷室ってサッカー部なのか？」

「元、ね。一年生の冬に結構な大怪我《おおけが》しちゃって、そのタイミングで辞めたわ」

故障か。よく聞く話だな。

舞浜は中身を飲み切ったペットボトルを捨てて戻ってきた。

「どう？　参考になった？」

「ああ。とりあえず、この場で真相を絞り込むのは不可能ってことがわかった」

「推理を聞いてあげるわ」

「噂が広まり出した時期が明確にできない。氷室がその事実確認をお前にしてきたってんなら、ある程度は繋《つな》がったんだが」

始点がわからないなら、起爆剤になった出来事も予想がつかない。きっかけというのは重要なファクターであるからこそ、それがないというのは相当なハンデだ。

「つまり、真実はあいつしか知らないってことね。前と一緒じゃない」

「だな。ところでもう一つ確認していいか？」

「別にいいけど……いくら考えたって無駄なんじゃないの？」

「この場で解決できることはしておきたい」

舞浜が不思議そうに見つめてくる中、お茶を飲み干した。ボトルの中の様子はラベルで隠されてよく見えない。

「噂の件、俺に切り出したのはなんでだ？」

ごみ箱の小さい穴目掛けて空のそれを放り投げた。しかし当然入るわけなく、プラスチックの蓋に当たって床に落ちてしまう。ぱこんと軽い音が残響する。

「お前は神崎のためにしか動かないと思ってたんだが」

ポイ捨てのまま放置するメンタルはないので、拾いに行って、そして捨てる。

その様を見ていた舞浜は大きく「はあ」とため息をついた。呆《あき》れてるんだろうか。たまには幼い頃に戻りたくもなる。

「……ただ俊が気に食わないだけよ。琴音を酷《ひど》い目に遭わせて、挙句あたしを騙《だま》してたくせに、自分だけ目的を果たそうとしてるなんて何様って感じだわ」

「思いっきり私情じゃん。俺を巻き込まないでくれない？」

「何よ、こういう時のあんたじゃない」

「便利屋みたいに扱うなよ」

「お望みなら悪友くらいには昇格させてあげてもいいわよ？」

「お断りだ。お前の悪友とか骨が折れるどころか溶けるまで酷使されそうだからな」

「あたし、道具は結構大事にするタイプなんだけど」

「まず道具って言っちゃってるじゃん……」

女の子、怖い。普通に失言だよう……。


…………♥…………

多目的ホールに着くと、小さいステージの脇に女子生徒がいた。多分彼女が件《くだん》の一年生だろう。

物静か、という印象を受ける少女だ。肩口で切り揃《そろ》えられた黒髪に、幼さを感じる顔立ち。しかし、それにしては表情に柔らかさはない。

ひな人形。遠い昔、自宅で見かけたそれとどこか重なるものがある。

すると舞浜が俺を追い越して、彼女に声をかける。

「やっほー、玉枝《たまえだ》さん。頼まれた通り連れてきたわよ」

「ありがとうございます、舞浜先輩。しかしだいぶ時間がかかりましたね」

「あー……あたしは遅れるって忠告したんだけど、篠宮《しのみや》が詳しい時間設定されてないから問題ないって聞かなくてさ」

あ、こいつきたねえ！　俺のこと売りやがった！

「いや、なんというか……遅くなって悪いな」

「いえ。おっしゃってることは正しいので、気にしないでください。次があれば、明確な時間をお知らせします」

「……わかった」

堅い！　今時のＪＫとは思えない口調なんだけど……。皮肉ってるのかマジなやつなのか、初対面の俺には判別がつかない。

「今更ですが、あなたが篠宮誠司《せいじ》先輩ですか？」

つい流れでいかにもって答えそうになった。

「……そうだ。えーっと、君は？」

「一年生の玉枝蓬《よもぎ》です」

玉枝蓬……。頭の中でその名前を反芻《はんすう》するも、こうして呼び出されるような面識があった記憶はない。

「篠宮先輩はライトノベルを読まれますか？」

「ん？　読むけど……それが？」

「でしたら恐らく、あちらの名前の方が聞き覚えがあるかもしれませんね」

「あちら……？」

「ペンネーム『蓬萊《ほうらい》』。……ご存じありませんか？」

蓬萊……。確かに言われた通り聞き覚え……というか見覚えがあるような――。

「……『告スペ』の作者？」

控えめにそう口にすると、目の前の彼女はこくりと頷いた。……もっと自慢げにしてもいいだろうに。

「何それ？」

舞浜が気の抜けるような声で訊《たず》ねてきた。仕方ない、ラノベ未体験（と思われる）のこ

いつにもわかりやすく教授してやろう。

「小説だな。それも新人賞で大賞をとった作品だ」

だいたいこう言えば、どんな人でも好印象を持ってくれる。ラノベ作家を小説家って言い換えたりね。

「え、すごいじゃん。え、待って。それを……玉枝さんが？」

さすがの舞浜も動揺している。さっきのお返しに笑ってやろうかと思ったが、それどころではなかった。

「聞いてないのか？」

「初耳よ。まさか作家がこんな身近にいたなんて……。脚本担当なのもそういうことだったのね。教えてくれればよかったのに」

「話す必要がないですから。私にできるのは書くことだけなので、それ以外のところで期待をされても応えられません」

ドライ……とは少し違うか。割り切っているというか、真面目に自分と向き合った上での結論なのだろう。彼女は他者というより、自分に対して冷たいのだ。

この話はここらで終わらせておくべきか。

「それで、俺になんの用事だ？」

問うと玉枝は一歩近づいてきた。

「実はお願いがあるんです」

「お願い？」

「篠宮にするより、流れ星にした方が叶《かな》うと思うわよ？」

なんでわざわざそういうこと言うの？　さすがの俺もあんなオカルトに負けるつもりはないんだけど。

「経験上、あれが願いを叶えてくれたことはないので、篠宮先輩で問題ありません」

「……そ、そうよね！　不定期より呼べば来るやつの方がいいわよね！」

あの舞浜が苦戦してる……。俺もこれから天然真面目キャラでいこうかしら。

玉枝はどうにも俺を信頼しているようだが、正直初対面には重いものだ。俺はここで「はいそうですか。ならば善処します」なんて答えられるほど真《ま》っ直《す》ぐなやつじゃない。

まずは裏を疑う。そして背景を解明していく必要がある。ボッチのセキュリティを舐《な》めんなよ。

「なんで俺なんだ？」

「あなたが適任だからです」

「なぜそう言い切れる。初対面だろ」

「それを話すなら、先にお願いしたいことを聞いていただいた方が、都合がいいと思います」

「……わかった。教えてくれ」

本人が言うんだ。間違いない。隣で舞浜が「出た深読み……」なんて呟《つぶや》いたが無視だ無視。

誘導に従う形で訊ねると、それまで変化がなかった幸の薄そうな顔に少しの恥じらいが浮かんだ。

「……友達になりたい人がいるんです。同じクラスに」

あまりに純粋というか、眩《まぶ》しい願い事に思わず俺と舞浜は顔を見合わせた。

「……流れ的に、そいつが俺と関係あるってことか」

後輩。その単語で俺が真っ先に思いつくのは一人しかいない。

「姫島《ひめじま》かぐやか？」

まだほのかに紅潮が残るその顔を伏せるように、玉枝はこくりこくりと頷《うなず》いた。その反応からして、人間関係に不器用なタイプなのはわかる。

でも、そんな彼女が近づきたいと、近づこうと思えたあいつは、俺が見てるあいつよりもきっと偉大で輝いてるんだろう。

だが、俺のセキュリティは情で簡単に外れるような、そんなやわなものじゃない。

「正直、わからないな。あいつと友達になるために俺を頼る理由が。部活くらいしか関わりがないぞ？」

途端玉枝がきょとんとする。まるでボタンの掛け違いを指摘された瞬間みたいに。

「篠宮先輩は姫島さんの彼氏……いわゆる恋人ですよね？」

…………。コイビト。こいびと。恋人…………俺とあいつが!?

「え、篠宮そうだったの!?　あたしてっきり──」

「違う！　断じて違う！」

舞浜に向かって否定した後、心を落ち着かせて玉枝を見やる。

「……その話、詳しく聞かせてくれ」

自分の認識と異なる現実に少々戸惑っているように見えたが、やがてぽつりぽつりと、思い出を語るように口を動かし始めた。

「姫島さんはクラスでグループに所属しています。派手めな子がリーダーの、いわゆるカーストに落とし込めばトップ層の集団です。そこで姫島さんが二年生の彼氏がいると」

「……俺個人を挙げたわけじゃないのか。玉枝はそいつがどうして俺だと思った？」

「一週間前の図書室。そこで二人仲良く勉強されてましたよね。私はそれを見てあなたがその彼氏だと判断しました」

玉枝は意味ありげに舞浜に目を向ける。

「遠い席から眺めていたんですけど、どうやら舞浜先輩があなたの知り合いのようだったので……」

「だからあの後、名前とか色々聞いてきたのね」

合点がいったように舞浜がふむふむと頷く。なるほど。それで今現在の愉快な出来事に繋《つな》がるわけか。

「彼氏さんを頼れば、姫島さんとも近づけると思いましたが……どうやら私の勘違いだったようですね。すみません。わざわざ来ていただいたのに」

深々と俺たちに対して頭を下げた玉枝。まったく、これじゃ運動部だな。学校での厳しい上下関係なんて、俺には無縁なものだと思ってたんだが。

「謝らなくていいわよ、玉枝さん。あなたは何も悪くないんだから」

舞浜がお前もなにか言えとこちらを見ている。受信はできないけど発信はできるんだな。

「そうだな。もとはと言えばややこしいことを言ったあいつが悪い」

しかし姫島に彼氏がいたとは純粋に驚きだ。にもかかわらずあんなスキンシップ取ってたのかよ。俺殺されないかな？

「——あ、こんなところにいた！」

気の緩むふわふわボイス。振り返ると入り口に絹川《きぬがわ》先生がいた。そのままこちらに駆け寄ってくる。誰だ、誰が捕獲対象だ？

「篠宮くん。香純《かすみ》ちゃんが呼んでるよ」

俺かい。握られた手が温かい……。

「す、すいません、放してもらえますか？」

「あ、ごめんね。わたしったらまた距離感間違えて……」

いや、別に嫌ってわけではないんですむしろ歓迎と言えば歓迎……とは舞浜の視線が怖くて言えなかった。お前も人射殺せるタイプなの？

手を放してもらうと、舞浜は機嫌良さそうに絹川先生に近づく。

「愛海《まなみ》先生、久しぶりです！」

「あら、舞浜さん。一週間ぶりね」

「知り合いなのか、お前」

「それはこっちのセリフよ。愛海先生は演劇部の顧問なのに、なんであんたが面識あんの？」

「実は前に職員室で……ね」

「……そうですね」

そういうシークレット的な言い方やめて欲しい。一気にやらしさが増すから。

「玉枝さんもこんにちは。今日はどうしたの？　珍しいメンバーだけど」

まあ、不純物が一名いれば気になるよな。

「先輩方に少しお願いを聞いていただいていたところです」

「……そっか。二人は頼りになったかな？」

「それはもう」

「ならよかったわ」

無表情を貫く玉枝とにこにこと笑う先生。まるで夜空と朝日みたいだ。果たして姫島と向かい合った時はどんな景色が見れるのか。

「あの、先生。糸井《いとい》先生に俺が呼ばれてるって……」

「あ、そうだったね！　急がなきゃ怒られちゃうよ！」

この人まじか。のんびりしすぎだろ。

そういう話なら今すぐ向かうべきだろうが、あいにくあの先生には怒られ慣れてる。

「すいません。少し時間をください」

「……うん、いいよ。特別にわたしも一緒に行って謝ってあげる」

頼もしい限りだ。糸井先生にはこの人がよく刺さるだろう。

「玉枝。姫島のやつ、お前のファンだぞ。それも大が付く」

少しでも自信を持ってくれればと口を開いたが、彼女の表情に変化はない。

「知っています。……だから、友達になりたいと……思いました」

きっかけはわからないが、あの『告スペ』に対する愛が伝わったなら、これは自然な流れなのかもしれない。

「ライン、交換できるか？」

「え？」

「あいつにややこしいことを口にしたのを償わせることぐらいは、俺にもできる」

ボッチの俺が、友達を薄っぺらい関係と切り捨てた俺が仲介役なんて、とんだ皮肉だな。

でも見たいと思ってしまったのだから仕方ない。

玉枝は逡巡《しゅんじゅん》するように俯《うつむ》いた後、顔を上げた。そこには……少しの決意が滲《にじ》んでいる。

「お願いします」

「はいよ」

先生と舞浜に見守られながら、俺たちは互いのラインを登録した。すると即座に舞浜が飛び出す。

「せっかくだからあたしとも交換しようよ！」

「でも……」

「いいから！　同じ部活のよしみでしょ！」

どうやら攻略法を摑《つか》んだらしい。舞浜がぐいぐい行く。

「はあ……わかりました」

やがて玉枝が先に音を上げた。

「行こっか」

微笑《ほほえ》ましく二人のやり取りを見守っていた先生に頷くと、先に歩き出したその背中に付いて行く。もう出口というところで彼女は振り返った。

「二人とも、制作頑張ってね！」

舞浜は「はーい」と返事をし、玉枝はぺこりと頭を下げる。らしい反応だ。


…………………♥…………………


「ここら辺でいいんじゃないですか？」

俺の声掛けに僅か先を歩いていた先生が立ち止まる。

「下駄箱《げたばこ》へのルートから外れてますし、あいつらはこんな薄暗い場所に来ませんよ」

「……ばれてた？」

お茶目《ちゃめ》に舌を出すと、先生は廊下の壁に背中を預けた。

「糸井先生はわざわざ人を使ってまで自分の元に生徒を呼ぼうとしませんよ。あの人なら自ら来ます」

「ふふ、詳しいね。嫉妬しちゃうくらい」

「何よりも尊い愛は師弟愛との意見もありますから」

「わたしは友愛派だな〜」

「そうですか？　それにしては生徒想《おも》いみたいですけど」

「わたし、年上にしか興味がないの」

先生はふふっと妖しく笑って俺を指さす。

「だから君も対象外。反応は初々しくて面白かったけど、無駄に賢いのはね〜」

何のとは聞かない。話題以外のことで興味を持てば飲み込まれてしまいそうだから。

「褒めても何も出ませんよ」

「先生は無条件に褒めるものだよ。だから、わけを求めちゃだーめ」

「……それはどちらかというと親の話では」

甘ったるい声に目が回りそうになる。さっきと同じ音なのに、抑揚をいじるだけでこんなに変わるのか。

「……そろそろ本題に入っていいですか？」

「いいよー。このわたしが気になるの？」

「いえ。先生が俺を連れ出そうとした理由が知りたくて」

「そっか。冷静だね」

「まさか。今にも倒れそうですよ」

先生は口元に人差し指を当てて「うーん」と唸《うな》る。その所作一つとっても淀《よど》みない魅力が感じられた。

「ほんとはもっとあっさり、いい先生として教える予定だったんだけど……特別に絹川愛海として話してあげる」

「……気遣わなくていいですよ」

「まあまあ、出血大サービスってことで。こっちの方が深く理解できるよ〜？」

「俺は浅く広くの方が好きですね」

「帰ってからのテスト勉強でそれとは触れ合えるでしょ。もっとも、このままだと帰れないかもしれないけど」

ええ……こっわ。唐突にジェットコースターのレールが取れたみたいな恐怖。ハラハラドキドキなんて悠長なことを言っている余裕はない。

「……お言葉に甘えます」

「うんうん。賢い子もこれだから嫌いにはなれないんだよな〜」

一度もスキンシップは取ってないというのに、まるで全身を撫《な》でられてるかのような錯覚に陥る。きっとこれが、本物のハニートラップの類なのだろう。

「今のわたし、さっきと同じ人に見える？」

「まったく見えないです」

見てくれは全くと言っていいほど変わっていない。でも明らかな違いがあるように感じてしまう。

例えるなら、先ほどの彼女はオムレツ。今はオムライスといったところか。卵だけだと思っていたのに、下にはチキンライスが土台として隠れていた。

「じゃあ、参考までにさっきはどんな人に見えた？」

「人懐っこいけど、同時に抜けたところがある……いわゆる天然ですかね」

先生は俺の解答に満足げのご様子。予想がつかないから機嫌を損ねたくないけど、ご機嫌になられるのも困るな……。

「そうだね。わたしは見ての通り天然なんかじゃない。ただの養殖。天然を装う偽物だよ。改めてこれを君に言った意味、わかるかな？」

「……いや、わかりません」

寄ってきたご尊顔から目を背ける。作りがよくてフローラルな香りも漂ってくるとか、拝めば拝むほど煩悩に苛《さいな》まれそうだ。

「この世の中は作り物だらけってこと。それで時代が進めば進むほどその性質は濃くなるの。機械も食べ物も、女の子も。みーんな純正の数の方が少ない」

「それと何が関係あるんですか？」

「わたし自身が装ってるからわかるの。同じような子が」

こちらを意味ありげに向いた。同じような子。似たような子。それは以前も彼女に聞いたことのある単語だ。

今ならその意味に頭を悩ませるなんてことはない。

「……姫島ですか？」

「あの子、クラスの子に彼氏がいるって嘘《うそ》ついてるんだよね」

「言い切りましたね。あいつのことなのに」

「目が冷めてるから」

この人の感覚の話だから実感こそないが、不思議なことに説得力はあった。彼氏の存在が嘘というのは事実なんだろう。

「なんでかわかる？」

「めちゃくちゃ俺に振りますね。わからないことが多いから学校に通ってるんですけど」

「先生だからね。生徒が参加できる素敵な授業を目指さないと」

一拍置いてから答え合わせが始まる。

「グループに馴染《なじ》むためだよ。自分の立場を守るため」

「立場……ですか」

「簡単に言うと色恋沙汰だね。リーダーの子の好きな子にあの子が告白されちゃったから、自分の潔白を示すために既に男がいる設定にしたんだと思う」

「……随分事情に詳しいですね」

「女の子とは仲良くなっておくべきだよ？　色んな情報が知れるから」

「俺の場合パンクするんで遠慮しておきます」

「つれないな〜」

あんただって摑ませる気ないだろ。

それに、この人のゆるふわで近づきやすい性格は情報収集のために作られたものではないはずだ。むしろそれはおまけに過ぎないのだろう。ハッピーセットのおもちゃみたいな。とてもハッピーとは言えない雰囲気だけど。

「可愛《かわい》くて人懐っこい子って異性に気に入られるけど、同性には妬まれるんだよね～。二年生の神崎さんは知ってる？」

「……まあ、有名人なんで」

この人にも知らないことがある。当たり前のことだがその事実が妙に安心できた。

「あの子がそのどちらにも人気があるのは、一線を画すというか人に踏み込み過ぎないからなの。姫島さんはそうじゃない」

「でも立場を意識してるってことなら、少しは自重というかセーブをかけるんじゃないですか？」

誰であれ理由もなく、わざわざ他人に嫌われようとは思うまい。

「鋭いね。でも根本的なことがわかってない。人の性質は簡単には変わらないよ。それこそ転生でもしなければね」

「……簡単どころか不可能じゃないですか」

「わたしたちみたいなタイプって理性的だから、自分をうまく制御できてる、騙《だま》せてるって勘違いしちゃうの。ほんとはそんなことないのに」

要は姫島は人と接する時に一定の距離感を保つことを意識はしているが、他人から見たらそう見えない。本質が浮き彫りになってしまっているということか。確かに、鏡で見る自分の姿は写真より幾分か魅力的に見えることもある。

「まるで経験談ですね」

回顧するような声音だった。遠い昔に思いを馳《は》せる、大人な一面。

「絹川愛海で話すって言ったでしょ。ちなみにもう少し続くからね〜」

当然だ。本題は影を得ただけで、まだ姿を現していない。

「そういう子は大体、周りの反応でそれに気づくの。自分の性質とそれと向き合わなければならない現実に。さて、それからはどういう行動をとるでしょうか?」

「周りと距離を置いて袂《たもと》を分かつ」

「あはは！　それじゃあボッチになっちゃうじゃない」

「…………」

俺の本質が露骨に出てしまった。なにも心底愉快そうに笑わなくてもいいと思う。

「でも、初めて答えてくれたね」

「成績が下がるのは困るんで」

「わたしによく思われたいとかじゃないんだ〜。残念」

「……で、正解は？」

長続きすればペースを乱されかねない。小さい頃からマラソンは嫌いなんだよ。

「諦める。自分を偽るのも、自分を拒絶する集団に馴染むのも。住めなくなった家からは退去するしかないでしょ？」

「……それ、俺ので正解なんじゃ？」

「違うよ。わたしたちは寂《さみ》しがり屋なの。だからホームレスには意地でもならない。自分が快適に生きていける居場所をまた探す」

同性に妬まれ、異性に歓迎される。そんな性質を自覚し受け入れてしまったのなら、道はきっと一つしかない。

「あの子は将来、男にしっぽを振るビッチになるだろうね。もっとも、それはただの入り口だけど」

言葉には重みがあった。それが俺にのしかかる。

「それを……俺に伝えるために？」

「うん。一応それなりに仲が良さそうだったから、忠告しておこうと思って」

「……性格悪いですね。俺にどうしろって言うんですか」

「どうだろうね。わたしは先生だから、答え合わせをすることはあっても答えを与えるこ

た。

優秀な先生面にも、生徒をもてあそぶようなその微笑《ほほえ》みにも、いい加減嫌気がさしてきた。

「――でも、忠告で終わるなんて先生としては三流もいいところ。だから、アドバイスくらいはしようかな」

こほんとわざとらしく咳払《せきばら》い。

「むかしむかし、あるところにそれはもう可愛くて仕方がない女子大生がいました」

ワンスアポンアタイム。昔話が急遽《きゅうきょ》幕を開けた。

「彼女は自分の魅力と本質をわかっていました。他の女子に嫌われようとも、天然を装って男子に接近を繰り返す日々でした。居場所を得るにはこれしかなかったからです」

ここまではさっきまでのおさらいだ。遠くない未来、あいつが経験すること。

「そして男子の間で付いたあだ名が天然姫。本当は養殖だとも知らずに、男子たちは夢中で彼女に食いつきました」

……表現が生々しいな。でもそうだ。人には表示法なんて概念はない。見たまんまの姿が真実とは限らない。

「それでも彼女は満足していませんでした。いくら食べても食べられても、居場所は見つからなかったからです」

体が目的という事例も聞くことが多い。年齢が上がるごとにその意味がわかってしまうのは、宿命と言えるか。暗い部分を知らずに生きていくなんて、箱入り娘くらいしかできないだろう。俺たち一般庶民は目を瞑《つぶ》るくらいが精いっぱいだ。

「そしてある時、彼女は遂《つい》に彼女持ちの男子に手を出してしまいました。当然その彼女は怒ります。彼氏は誤解だと主張し、挙句天然姫に罪を被《かぶ》せました。そこから彼女について悪い評判が広まります」

これもさっきの話と繋《つな》がるものがある。色恋沙汰の一種だ。昼ドラ並みのドロドロ具合だけど。

「しかし彼女はまったく動揺しませんでした。どんなに周りから白い目で見られても、蔑まれても。もしかしたら、人生そのものに諦めていたのかもしれません。日常から色は消え、虚無に身を置く日々の始まりです」

これが末路になる可能性がある。ハッピーエンドを求めてのバッドエンド。童話みたいだ。

絹川先生は窓の外に目を向ける。五月に似合わない曇り空は梅雨の到来を告げている。

「そんな時、彼女に一人の学生が声をかけてきました。長い黒髪が目を引く、二つ年上の女性です」

纏《まと》う雰囲気はノスタルジック。先生の素を垣間見《かいまみ》た気がした。

「印象的な出会いでもなければ、心に響くような言葉をかけてくれたわけでもありません。それでも彼女は天然姫に色を与えました。一日一日に意味をくれました。……馬鹿みたいに真《ま》っ直《す》ぐに、向き合ってくれました。その女性がまだ彼女のことを天然姫と呼んでいることが、養殖だと作り物だと気づいていないところが、その愚直さを何よりも証明していることでしょう」

先生はくるりとこちらを向いた。

「どうだった？　『天然姫』」

「終わり方的に相手役がいと……黒髪ロングみたいですけど」

「かもね。天然姫にとって彼女は何よりもヒーローだから」

ふふと笑うそれは偽物か本物か。……いや、彼女が伝えたいのはそういうことじゃない。

「表とか裏とか、そんなのはどうでもいいの。見える側が表で見えない側が裏。表が裏になることがあれば、もちろんその逆もある」

「……そうですね。正しいかもしれません」

「大事なのは正面から向き合ってあげること。居場所はここだよって示してあげること。

それが、あの子が天然姫みたいに救われる方法……かもね」

そう話す先生の顔は生徒をもてあそぶのではなく、慮《おもんぱか》る優しさに満ちていた。

「先生が姫島にそれをしてあげはしないんですか？」

ヒーローに憧れ、その雄姿に近づこうとするのは珍しいことではない。俺も昔、仮面ライダーごっこをよくやったものだ。大方怪人役だったけど。

しかし先生は頷《うなず》くのではなく、首を横に振る。

「それじゃあだめ。子供は大人の元を離れて大人になるの。ずっと子供のままなんて、いいはずがない」

だからと、付け足した。

「同年代の君たちが歩み寄って欲しいと、先生は願ってる」

これが本題であり、この人の本音。異なる性格を持っていても、教師としての在り方に違いはなく、歪《ゆが》みは存在しない。多目的ホールで舞浜と玉枝を見守った彼女の微笑みは、きっとその象徴。

先生としては信頼を置ける。この人はそんな人だ。

「で、君はいつから気づいてたの？　わたしがこうだって」

「最初から疑いはしてました。でも、糸井先生の反応的に違うと切り捨てましたが」

基本、こういう二面性というのは昔からの知り合いであるほど理解しているものだ。理解することで始まる関係を知っている俺にとって、二人の関係はいびつにも見える。

「そっかー。じゃあ、あのまま話し出してもよかったってわけだ」

「後悔してますか？　自分をさらけ出したこと」

「んー別にしてないかな。何が何でも隠そうとしてるわけじゃないし。バレたらバレたでしょうがないって割り切る」

「……糸井先生に対しても、ですか？」

俺の問いに一瞬驚いたように見えたが、それはすぐに微笑みに溶かされた。

「罪悪感はないんだよね、わたし。そもそも本来の自分に執着はないからかな。見つけて欲しいともわかってもらおうとも思わないの。だから教えなくてもいいかなーって」

「でも隠してるからこそ、バレた時に誤解されるんじゃ？」

「そこは信頼だよ信頼。香純ちゃんは絶対に離れない。まったく、しょうがないやつだなって苦笑して受け入れてくれる」

一方的な理解。これは確かに、いびつさを感じても仕方がない。でも、家には色んな形がある。その中で育まれる家庭もまた三者三様だ。そのことを思い出した。

「ま、一番はあの人の本気で困った顔が見られるからなんだよね〜。狙ってやってるって思われたら、構ってくれないだろうから」

……感動を返して欲しい。そして少し共感できてしまうのが悔しい。

「糸井先生のこと、好きなんですね」

友愛派というのも今では頷ける。趣味が悪いのかもしれないが、実際、好きな人を困らせるというのは結構楽しいものだ。

先生は今までで一番幼い笑顔を見せる。

「そうだね。このまま独り身でいてくれたらいいんだけどなー」

「……え？」

俺は選択を間違ったのかもしれない。そう思った時にはもう手遅れだった。

「わたし、女の人もいける口なの」

妖艶な笑みで先生……いや、彼女はそう言った。

「まあ香純ちゃんだけだけどね。このことは内緒だよ？」

「……男子高校生になんてこと吹き込んでるんですかあなたは」

まずい。何がまずいってこれから二人が一緒にいるところを見るたびに想像が働くというかけしからん妄想をしてしまいかねない……！

「先生でいるうちは過度な接触はしないから大丈夫」

「……心を読まないでください」

「これでもこの仕事、すごく気に入ってるんだから」

「みたいですね。それはわかります」

糸井先生も似たようなことを言っていたなーと、思わず笑みがこぼれそうになる。

「じゃあこれで解散。密会って結構ドキドキするね」

「そうですね。吊り橋《ばし》を歩いてるみたいです」

「おや？　このままわたしに恋しちゃうのかな？」

「ないですよ絶対。ていうか、年下に興味ないって言ってたじゃないですか」

「好かれる分には歓迎だよ〜？」

うわ……やっぱり男女としては絶対関わりたくないタイプだ。ある意味、教師という仕事はこの人に合っているのかもしれない。

「姫島さんのことは任せたからね」

「……わかりました。一応中学からの知り合いですから。面倒くらいは見ます」

そうして俺は先生と別れ、予定より遅くなったが、帰路についた。

絹川先生は俺……というより姫島に歩み寄ってくれる人に期待しているのだろう。

かつての自分を思い起こさせる生徒に、かつて自分を救ってくれた糸井先生のような人が現れてくれることを純粋に祈っている。

だから俺に働きかけてきた。思えば玉枝に対しても、その機会を探っていたのかもしれない。

俺は面倒を見ると、そんな彼女に対して答えた。でもそれは期待に応えると宣言したわけではない。

ブー。突然ポケットの中でスマホが揺れた。

『勉強疲れた』

『頑張った』

『頑張ってる』

神崎とのトーク画面を開くと短い連投が目に入る。今日、神崎はテストが終わるとすぐに帰宅した。全教科満点という目標に向けて、努力を積み上げるために。

しかしどうやら限界が来たようだ。休憩中だろうか。文字の並びから、疲れた様子の神崎が目に浮かぶ。

とはいえ、これにどう返せばいいかは謎だ。なにせ急に世界的大不況を挙げてくるくらいの感性。一般人の俺ではその領域に届かない。

「既読付けちゃったんだよな……」

神崎もそれにはきっと気づいてるはずだ。だから早めに返さなければならない。でもなんて送ればいいかわかんない。……詰んでる。最近詰みを積みすぎて罪。

画面を眺めながらどうすべきか悩んでいると、突然表示が変わった。次いで軽快な音楽と共に手の平に振動が伝わる。

「……もしもし」

恐る恐る電話に出る。お叱りの言葉でも飛んでくると思ったが、実際はもっと優しいものだった。

「一言。一言くれれば十分だよ、私は」

諭すように、しかし明確な答えは伏せて。まったく、こいつらしいな。

「好きだ。お前の言うこと聞けるのを楽しみにしてる」

「……二言じゃん」

プツリと通話が終わる。マゾヒストとか言われなかったあたり、多分照れてる。可愛《かわい》い。

一分にも満たない会話でも心は満たされた。スマホを仕舞《しま》って駅へと向かう。

俺があいつにできるのは居場所を用意することだけ。先輩として、間違った道に進まないように案内するだけだ。

——俺自身があいつの居場所になることはない。

幕間❤執着

テスト最終日も無事終了し、放課後になった。今日から部活動再開……のはずなのだが。

わたしは美優《みゆ》たちと一緒に学校近くのサイゼリヤに来ていた。目的はというと——。

「ふ、藤原《ふじわら》くんに見る目がなかっただけだよ！　美優は可愛い！」

「そうだよ！　あいつ、顔の割にテニスそこまでうまくないし、むしろ付き合わなくて正解！」

我らがリーダー、田島《たじま》美優が藤原くんに告白して振られたため、その慰め会だ。……この会費、ラノベに回したい。

「かぐや！　ドリンク持ってきて！」

「わ、わかった」

彩夏《あやか》に言われ慌てて立ち上がる。

「美優……希望は？」

「……メロンソーダ」

ぽつりと出てきた要望に頷《うなず》いた。うわー……すごい不機嫌。

「美優がメロンソーダで、三咲《みさき》と彩夏が白ブドウっと」

口に出して誰が何を希望しているかを整理しつつ、順にボタンを押していく。全員混ぜたりアレンジしたりしないのは、余裕のなさの表れか。……わたしもミルクティーを作るのは控えた方がいいかな。

空気を読んで自分の分をアイスティーにして、二つずつに分けてテーブルに運ぶ。正直手助けがないことに腹は立たない。わたしにとっては、慰めたり励ましたりする方が難しいから。

「ちょっとトイレ行ってくるね！」

断りを入れてからその場を離れる。そして個室でスマホを取り出した。

『今日、用事が入ったので部活行けないです。すいません』

先輩に事務連絡をしてラインを閉じると、同時に深いため息がこぼれた。テストの疲れによるものではないだろう。

「やっと連絡できた……」

美優が振られてからというもの、学校からサイゼに来るまで付きっきりでご機嫌取りをしている。だからスマホをいじる時間なんて取れるはずがなかった。怒りの矛先を向けられたらたまったものじゃない。

ピコンと音が鳴る。

『わかった』

短い返事。絵文字も付いてない味気ない文章。女の子のわたしに媚《こ》びない態度。

「先輩らしいや」

思わず笑みがこぼれた。ほんと、中学の頃から変わってない。

図書室のラノベコーナーで声をかけたのが始まりだった。

先輩はいつも一人で、学年も違う。二人きりでラノベについて、好きなものについて話すのに周りを気にする必要がない。その時間が楽で、たまらなく好きで、癒《いや》しだった。

クラスで愛想笑いをしている時も、休みの予定を立てている時も、変わらずそれは頭の隅にあって。だから、わたしはかつて期待するのをやめた学校という場所をいつの間にか楽しんでいた。裏を返せば、昼休みや放課後の限られた先輩との時間が、中学生のわたしにとってすべてだったというわけだ。

先輩が卒業した。

たったそれだけでわたしの日常は変わった。変わってしまった。

義務教育の中学校に留年なんてない。だからそれは元々想定できていたこと。実際、中三には元の、今までの生活に戻ると頭で理解していた。

好きなものを内に秘め、周りに合わせる生活。いつ頃からだろうか、行い続けた習慣。それらは変わらず、ただ溜《た》め込んだ感情を吐露する時間と場所が失われるだけ。そう、楽観視していた。

薬物乱用防止教室。

学校で開かれる特別授業の一種だ。危険ドラッグという代物の危険性を教わり、理解を深めるという取り組み。

正直、普通の生活をしていれば縁のないことと割り切っていたから、内容というよりはできるだけ埋めるように指示された感想用紙の方が記憶に残っているけど。……まあ、何が言いたいのかと言われれば。

先輩との時間は、わたしにとっての麻薬のようなものだった。

気づけばそれを求めて、もう存在しないことに絶望して。

ただの余り物として追加された一ピースが、気づけば中心となってわたしの生活を構成し、そして外れてしまった。

先輩と出会うまでの生活にも別に不満はなかった。満足しているという意味ではなく、諦めていたから。学生の内は趣味の共有はできないと踏んでいたから。

でもそれ以上に、あの時間には中毒性があった。それまで押しとどめていたからなのか、理由は定かではないけど、なくなったところで諦められるものではなかった。

だからわたしはこの学校に来た。先輩を追って。あの時間を求めて。

正直勉強はきつかったけど、目的のためならと頑張れた。……無駄に偏差値あるところに行くんだもんなあ。

「知らない間に超絶美人と仲良くなってたし」

神崎琴音《かんざきことね》先輩。

最初に会った時、先輩はただのクラスメイトなんて言っていたけど、それにしては距離が近い。みんなが言う人気者が、わざわざあんな部活に入部してきたことだって怪しすぎる。あの人なら他に行く当てはあっただろうに。

きっと彼女は先輩のことが好きなのだ。

「まったく、隅に置けないんだから。他の人なんかに魅力を伝えなくてもいいのに」

おかげで時々、大人げなくも喧嘩《けんか》腰になったり、スキンシップを取ってアピールをしたりしてしまった。

彼女は廃部の危機という噂《うわさ》をどこかで聞きつけ、救世主となり、先輩からの好印象と、同じ部活という距離感を手に入れた。

結局女とやらは男が関わると謀略を巡らせる。そこに違いはない。彼女も美優もその他大勢もみんな一緒だ。

でも唯一。今までの人たちとは一線を画すものがあった。

それがラノベだ。

ほとんどの女の子はラノベに興味を持とうとしないし、稀《まれ》にいたとしてもそれは道具として。あくまでも好みの男子に近づく口実作りとしてだった。

だからラインを交換した時に言われた言葉も、アニメショップに行くことになった時も、先輩に媚《こび》を売るためだと思ってそこまで期待していなかった。……のだが。

そんなことはなかった。

ぐいぐいおすすめ作品を聞いてくるわ、平積みされたたくさんの作品に目を輝かせるわ、いい機会だから本性を暴いてやろうと、二人行動を提案した自分が恥ずかしくなるくらいに「作品」に真摯に向き合っていたのを憶《おぼ》えている。

もしかしたら、きっかけは前述の通り先輩の気を引くためだったのかもしれない。それでも、彼女と語った時間は楽しかった。熱も好意も感じられた。

「……戻りますか」

これ以上席を外すと怪しまれる。一応手を洗って鏡を確認。

「よし！　ちゃんと可愛い笑顔！」

美優をこれから励ますことになる自分を励ましてから、トイレを後にする。

「かぐや遅いー」

「ごめんごめん」

席に戻ると、予想以上に穏和な雰囲気だった。美優はすまし顔でスマホをいじっている。

「いない間、何か頼んだ？」

「とりまマルゲリータだけね」

「ちょうどいいし、このまま夕飯食べてくのもありかもね」

隣の三咲がメインメニューをめくり始めた。……まじか。お金あんまし使いたくないんだけどなあ。

「——あのさぁかぐや」

「……なに、美優？」

わたしだけでなく、彩夏も三咲も突然口を開いた美優に視線を向けた。たった一言なのに、場が少しピリピリし始めている。

「前、一つ上に彼氏がいるって言ってたよね？」

「言った、けど」

「なら紹介してよ」

今更なんでその話題を……と思ったけど、そういうことか。

「いやー紹介したいのは山々だけど、みんな部活忙しいでしょ」

「そんなのサボれば解決じゃん。二人も部活より、かぐやの彼氏の方が気になるよね？」

いや、今日もサボってんだから穏便には済まないでしょ。文芸部じゃあるまいし。

「そうだね！　確かに見てみたいかも！」

「うんうん！　めっちゃ気になる！」

まあこの二人は美優に対してはイエスマンだから、別に期待してないけど。

美優の狙いは多分二つに一つだ。わたしの彼氏とやらを実際に見て、気に入らなければわたしごと蔑んで馬鹿にし、気に入れば略奪を図って接近しようと試みる。

藤原くんに振られても涙を流さないくらいだ。恋をしているというより、質のいい彼氏が欲しいだけなのだろう。……それか単にわたしをコケにしたいか。

「いいじゃん、かぐや。あたしたちは友達なんだし」

美優は不敵な笑みを浮かべつつ「それとも……」と続ける。

「彼氏がいるってこと自体、嘘《うそ》だったりする？」

「……そんなわけないじゃん」

あははと笑って誤魔化《ごまか》す。美優も可能性として頭に入れてたのか……。このタイミングで嘘だとバレたら格好の餌食だ。……それだけは絶対に避けなければ。

「じゃあ月曜の放課後、あたしたちの教室で」

あんたが予定立てるんかい。普通そこくらいはわたしに譲るでしょ。まあ、頷くしかないんだけど。

わたしは特定の人の名前を挙げていない。だから誰でも彼氏に仕立て上げることができる。その曖昧さを利用して、詳しい言及をここまで避けてきた。

でもついに、この三人と直接会わせることになってしまった。そうなれば、そんなことを頼める先輩は、そんなことにも付き合ってくれる先輩は、私の知る限り一人しかいない。

わたしはその日の夜、その先輩にラインを送った。

『月曜の昼休み、話があるので部室に来てください』と。

第五話❤近づくゴールと遠ざかるスタート

風呂から上がった俺は、頭をドライヤーで乾かして洗面所から引き揚げた。

中間テストが終わったことでつい、長風呂になってしまったが、明日は土曜日なのでさして問題はないはずだ。日曜より土曜が好き。

リビングに戻ると、髪を下ろした寝間着姿の美玖《みく》がソファでスマホをいじっていた。と思いきや、俺の姿を目に留めるとちょいちょいと手招きする。

「お兄ちゃん、ちょっと」

「牛乳飲んでからな」

「相変わらずおっさん……」

「偏見だろそれは」

お風呂上がりは牛乳と相場が決まっている。それに今のご時世、多分おっさんはビールだ。

コップ一杯の量を一気飲みして、「はー」と余韻に浸る。冷蔵庫に牛乳を仕舞《しま》ってから美玖の元へ。

「それでどうした？　恋バナ？」

「お兄ちゃんにするくらいならぬいぐるみにした方がマシ」

「メンヘラみたいだからまだ俺にしとけ」

メルヘン通り越して地雷臭がすごい。花占いの要領で綿抉《えぐ》り始めそう。

「それよりこれ」

美玖が差し出したのは俺のスマホ。素直に受け取る。

「料理動画好きなんだ？」

「……最近はまってます」

ロック画面の通知か……！　エロ本が身内にバレた時みたいな心情を、令和の時代に味わえてしまった。

「美玖が教えてあげよっか？」

「見るのが好きなだけだから遠慮しておく。ていうかこれが本題？」

俺が辱められただけじゃん。もうお嫁にいけない。

「違う違う。通知の真ん中らへん見て」

赤に囲まれた緑。ラインのやつだ。姫島《ひめじま》からの新着メッセージが表示されている。

「…………」

「読んだ？」

『月曜の昼休み、話があるので部室に来てください』

これが、俺が風呂に入っている間送られてきた姫島からのメッセージだ。反応からして美玖も読んだのだろう。

「これ、例の後輩さん？」

「ああ。ついでに言うと、今日部活来なかった」

「それめっちゃ怪しいじゃん。話って曖昧な表現してるし」

美玖がうへーと顔を歪《ゆが》ませる。……怪しい、か。それも曖昧なままにしておいた方がいいかもな。

「お兄ちゃんは何か心当たりあるの？」

「バイト代をあいつからもらう予定があるから、もしかしたらそれかもな」

「へー、闇金取引みたいだね」

「ちゃんと正規のお金だわ」

「あ、いいこと思いついた。そのお金で外食行こうよ」

「いや、俺のお金なんだけど」

「美玖回らないお寿司《すし》が食べたい！」

「平然と高いやつを要望してくんな」

「……それか、琴音《ことね》さんと三人でサイゼがいい」

ぽつりと即座に妥協案。勢いの代わりに静かな瞳を向けてきた。

果たして今のは純粋な願いか、それとも裏に何かを込めたのか。

どちらにせよ、こうした場合の兄の振舞いは決まっている。

「お前がテストでいい点とったら考えてやる」

「自分が終わったからって偉そうに」

「恨み事なら学校に言え。あそこなら無料で受け付けてくれるぞ」

実際学校というのはあらゆる方向から恨みを買ってそうだ。

生徒はもちろん、教師や近隣に住む方々など、実に幅広く。人だってストレスで禿《は》げるんだ。そりゃあ校舎も老朽化する。

「まあ、頑張れって言われるよりは頑張れるかな」

「そうだな。頑張れ」

「……サイテー」

言葉とは裏腹に美玖は困ったように笑って、ソファから立ち上がった。

スマホに表示された時刻は九時。俺たち兄妹《きょうだい》がそれぞれ自由行動を始める時間帯だ。

「お兄ちゃんも部屋行くの？」

続いて立ち上がった俺を不思議そうに見つめる。

「見たいテレビもないしな。牛タンシチューの動画でも見る」

「チョイスがマニアックだ……」

「普段食卓で見ないからな」

「時間があれば美玖だって作れるし」

「はいはい」

いじけて強がる美玖をリビングから追い出して、消灯。そのまま二人で部屋のある二階に向かう。

トントンと二つにして一種類の音が壁に染みていく。

「お兄ちゃんはどうなの？」

美玖は首だけを後ろに続く俺に向ける。

「なにが？　ていうか顔こっち向けんな。階段踏み外すぞ」

「お兄ちゃんがいるから大丈夫だよ」

「残念ながら俺に今のお前を受け止める力はないんだ」

重くなったというニュアンスを込めたのだが、美玖に響いた様子はない。

「クッションくらいにはなってくれるでしょ？」

「元から人として頼られてなかった……もっと兄を大事にして」

一足先に二階に着いた美玖は、今度こそちゃんと振り向いて俺を見下ろす。

「テストだよ、テスト。手応えは？」

「赤点はない」

「報告が下向きすぎる……」

「推薦狙ってるわけじゃないからな。上に目指すべき目標がない」

となれば、必然的に時間が奪われる補習を回避することの方が、順位より重要になるのは当然である。

「うわ、その思考うつるからやめてよね。美玖受験生なんだから」

「お前から聞いてきたんだろうが」

「まったく、琴音さんは熱心なのに」

「……あいつ、なんか言ってたか？　今回のテストについて」

つい知的好奇心がくすぐられる。

「とにかくいつもより頑張らなきゃいけないって。普段で首席なのにね」

「……そうか」

頑張る様子を知る度に、疑問が湧き出てくる。あいつの努力に見合うような価値が、俺にはあるのかと。……だめだな。夜はセンチメンタルになってしまう。

俺たちはそれぞれ「おやすみー」と別れて自室に入った。それでも、まだ夜は始まったばかりだ。

身をベッドに投げ出し歓迎を受けると、スマホを天井に掲げてラインを開く。ＬＥＤの光が思った以上に眩《まぶ》しくてごろんと寝返りを打った。

『わかった』

そう送った後に数時間前も同じことを送信していたことに気づいた。


…………………❤…………………


月曜の昼休み。俺はいつもの要領で部室に向かう。

神崎《かんざき》には姫島のことを伝え、クラスのやつらと昼飯を食べてもらうことにした。

放課後ではなく、わざわざこの時間を指定したのだ。きっと神崎が立ち会うことをあいつは望まない。

ガラガラ。無造作に引き戸を開ける。

「――遅いです、先輩」

先に来たつもりでいたから、視界に飛び込んだ景色と飛んできた叱責に反応が遅れた。

「お前が早いんだよ。俺は平常だ」

近くのパイプ椅子を掴《つか》んで部室の窓側へ。二つの出入り口が視界に入るように席を作る。

ここが俺の定位置。万が一、人が通ってもすぐに認識できる最良のポジションだ。

「……座らないのか？」

「お昼を食べに来たわけではないので」

姫島は立ったまま俺に向き合っている。視線を落とすと確かに俺と異なり手ぶらだ。

……面接の最初みたいで微妙にやりにくいな。

弁当を机に置いて席はそのままに、俺は立ち上がって彼女の方に移動した。

「別に気遣わなくていいんですよ？」

「居心地が悪い。勝手に俺が変えただけだ、気にすんな」

視界の端。ぽつんと一軒家並みに存在感を放つ机を意識の外になんとか追いやる。

「話って？」

「……頼みたいことがあります」

その言葉を聞いて安堵《あんど》する自分がいた。その証拠に口先が軽い。

「なんだ？　先に断っておくが、ボッチにできることなんて限られてるぞ」

「安心してください。これは先輩にしかできないことです。……先輩じゃなきゃ駄目なことです」

「そこまで言われたら悪い気はしない」

唯一無二。響きからもうかっこいい。続きを促すと、姫島は口を開いた。

「放課後、わたしのクラスに来てもらえませんか？」

「……だいぶ段階的だな」

昼休みに話があると来てみれば、頼まれた内容は放課後に教室に来て欲しい。それなら最初から、ラインでそう送ればよかったものを。

「段取りを確認する必要があったんです。何であれ、リハーサルは付き物じゃないですか」

「リハーサル……？」

「先輩にわたしの彼氏になってもらうための、ですよ」

姫島の彼氏というのは偽りの存在だと絹川《きぬがわ》先生は言っていた。立場を守るための自衛の道具。その場しのぎの使い捨てだ。

「そうやってミスリードを誘う言い方はよくないぞ。俺じゃなかったら勘違いしてるところだ」

「……偽物の恋人って気づいたんですか」

意外と神妙な面持ちで俺の言葉を受け止めた姫島。もう少し動揺すると思ったのだが、それはお互い様らしく、俺が取り乱さないのを見てつまらなそうにため息をついた。

絹川先生や玉枝《たまえだ》に事前に話を聞いていなかったらどんな反応をしていたのか、我ながら気になってしまう。

「別にいいんじゃないか？　本当のことを言っても」

「……その口ぶりだと、わたしの置かれた状況がわかってるみたいですね」

今度は少し驚いたようだ。そりゃあ、説明していないことを悟られていればそうなるか。

わけを問われる前に切り出しておこう。

「集団なんて枷《かせ》でしかない。飛び立つのを妨げる檻《おり》だ。嘘《うそ》を吐《つ》いてまで居座る必要もこだわる価値もないだろ」

かごの中から望める景色もあれば、水中だからこそ広がる光景もある。でも結局、それを楽しめないなら自らを苦しめるだけだ。

人の生き方は無限大だと言うのなら、わざわざ息苦しい道を選ぶ理由はない。

「……先輩はなにもわかってないです。そんなこと、わざわざ言われなくてもわかってるに決まってるじゃないですか」

「矛盾してるだろ、それ」

軽い気持ちだった。俺の尺度で判断をしただけ。

「──正解を知っていて、誰もがみんなそれを選べるなんて思わないでください！」

初めてだ。姫島の言葉にここまで攻撃性が宿ったのは。激情が表に顔を出したのは。

いつもの姿からは想像できない迫力に気圧《けお》されそうになる。

沈黙が流れた後、姫島は気まずそうに俺から目を逸《そ》らす。

「……みんな先輩みたいに強くないんです」

俺が強い。どうやら姫島にはそう見えているようだ。

……見当違いもいいところだな。少なくとも、また間違いを犯したことに気づいて自分に失望するくらいには、弱くて救えないやつなんだが。

「……よかったら聞かせてくれないか？　今のお前を形成してるものを」

まだ取り返しがつく。そう言い聞かせて正面の姫島を見据えた。

人の価値観はそれぞれだ。だから、どうにか自分をわかってもらおうなんて、贅沢《ぜいたく》な悩みでしかない。でも、どうにか相手を知ろうとするのは間違いじゃないはずだ。

「……わかりました」

「助かる」

姫島は自らを落ち着けるように、息を吸って、吐いた。

「小学生の頃、クラスで浮いたことがあるんです。いじめってほどのいじめでもなくて、話しかけても無視とかそのレベルだったんですけど……それでも心に結構きました」

「……なんで浮いたんだ？」

「ラノベです。高尚な読み物過ぎたんですかね、周りは理解を示してくれませんでした」

ラノベが高尚な読み物……。皮肉のつもりだろうが、表紙やタイトルでふるい落とす人が多いだろうし、それを乗り越えた強者だけが中身を体感できると考えればなかなか本質を捉えている気がする。

それにしても自分の好きなものがきっかけか。それは確かに受け入れがたいものがありそうだ。小学生という、簡単に割り切ることができない幼い時期なら尚更《なおさら》。

「だからわたしは、一人には、孤独には耐えられない。間違っているとわかってても、その選択を取るしかないんです」

それは絹川先生が言っていたことにあてはまるものだった。寂しがりな、居場所を求めるという本質。それ故の行動と自己矛盾への理解。なるほど、理性的というのにも頷《うなず》ける。

「でも意外と簡単なんですよ？　周りに合わせるの。適当に話に頷いて、目立たないようにして……あと、インスタ始めたりとか」

そして自分が上手《うま》くできているとうそぶく姿。

すべてがあの人のシナリオ通りだ。このままなら、確かに同じ末路に向かってしまうようで気が気でない。こうして力なく笑うことが増えてしまうのは、いつものこいつを見ている方から言わせてもらえばもったいない。

「偽物って言いましたけど――」

姫島は一歩、また一歩と距離を詰めてくる。そしてもう進めないところまで来た。

「先輩となら、本当の恋人になってもいいですよ」

甘い言葉。距離が距離だけに脳髄に響くようだ。でも後ずさることはできなかった。いや、したくなかった。

「初めてだったんです。家族以外で、ラノベについて何の気兼ねもなく話せる人が。好きなものを好きなだけ語っても、許される時間が」

「…………」

これまでの記憶が一気に思い起こされる。俺にとっての何気ない日々は、こいつにとっては違うように見えていたみたいだ。

人には容量がある。だから押しとどめていたものを吐露する場は必要だ。あれだけの大きさのダムだって、中の水が溢《あふ》れて決壊するのを防ぐために中身を放流する。それに比べればちっぽけな人間が、ずっと何かを貯《た》めておくなんてできるわけがない。

「先輩だけがわかってくれてたら、それでいいんです」

こいつはきっと周りに失望してしまっている。わかり合える人はいないと、感動を共有できるやつは現れないと。不幸なことにそういう環境を引き当ててしまっていた。

殻に閉じこもれば外的刺激から身を守れる。でも、外の景色の変化を感じ取ることはできない。こいつの世界は好きなものを否定されたというあの時から、一秒たりとも進んでいないのだ。

楽しい、面白い、悲しい、悔しい。色んな感情があるからこそ、それぞれの感情に重みが増し引き立つ。楽しいだけの人生も悲しいだけの運命も、きっとつまらないに決まっている。

唯一無二……か。これは俺一人には重すぎる。

「とりあえず」

姫島がこれ以上話を進めないように大きめに声を出した。目の前の彼女の瞳がこちらを向く。

「放課後行けばいいんだろ」

「そ、そうですけど……」

仕草に不安が滲《にじ》んでいる。まともな段取りはしていないことに懸念でもあるんだろう。

「演技力には自信がある。任せろ」

「……棒読みとかやめてくださいよ」

「完璧にやり切ってやる。多分度肝抜かれるぞ」

「そこまで言うなら、まあ」

しぶしぶ頷いた姫島。時計を見ると、昼休み開始からまだ十分も経《た》っていない。

「早く戻った方がいいんじゃないか？　昼をクラスで食べるなら」

「そうですね。あ、バイト代、今日持ってきたので放課後渡します」

「賄賂みたいだな」

「もし拒否されてたら、そうやって脅したかもしれません」

「……笑顔で話すことじゃないな」

「それでは、よろしくお願いしますね」

満足そうににこりと笑って、姫島は引き戸に手をかける。しかし不自然なタイミングでそれは開いた。

「──あれ、姫島さん……と篠宮《しのみや》だ。二人でどうしたの？」

訪れたのは神崎。後ろ手に弁当を持っている。

「……神崎先輩こそ何しに？」

「金曜の部活で忘れ物をしちゃってね。ちょうどいいからお昼も一緒に済ませちゃおうってことでここに来たの」

次いで神崎は視線を俺に向ける。

「もしかして……篠宮もここで？」

「……ああ」

「そっか。それで、姫島さんは？」

「わたしは……」

姫島は視線を迷わせて、それはやがて俺に行き着いた。どうやら神崎に詳細を話したくはないらしい。

「バイト代のやり取りをしてた。ほら、前のゴールデンウィークの」

「そういえば、そんなこともあったね。まだもらってなかったんだ」

「……神崎先輩がお店に来て、途中で上がることになったからです」

「えー私のせい？」

ふざけたように笑う神崎に、伏し目がちの姫島。どこまでも二人の距離は近くて、遠い。

「時間なくなるぞ、姫島」

「……わかってます」

神崎の脇を横切って姫島は部室を後にした。途端に訪れる沈黙。慣れているはずなのに今は落ち着かない。

「バイト代のやり取り……か。最後の一部分をさも全体みたいに言うのはよくないと思うな～」

「マスメディアリスペクトだ」

俺は自分の席に戻ると神崎は向かいにパイプ椅子を運んだ。

「そういうお前も、まるで来たばっかりみたいにドア開けるのはどうなんだよ」

「……気づいてたんだ」

「最初にここに座った時に見えた。人気者に隠密《おんみつ》行動は似合わないらしいな」

「誰かさんと違ってね」

ということは神崎は部室内でのやり取りをすべて聞いていたことになる。もちろんそれを意識した上での会話しかしてないから、動揺や気まずさはない。

「あの子にも色々あるんだね」

「そうだな。俺も初めて知った」

「中学から一緒なのに？」

「学年が違ったらそんなもんだろ。なんなら同級生でも素性を全く知らないやついるし」

「まあみんな仮面くらいは被《かぶ》るでしょ」

見せる姿と見せない姿。そう捉えれば程度は違えど、誰もが自分を偽っていると言える。

俺だって電車の中で風呂場みたく熱唱することはないのだから。

それに、本当の姿というのは偽りがあるからこそ映えるのかもしれない。悪があるからこそ、正義のヒーローの活躍があるみたいに。なら、どちらが正しいなんて推し量れない。

「それで情が芽生えちゃったの？　あの子に」

「………………」

「だから偽の彼氏、やるんだ？」

神崎は俺から目を離さずに続ける。

「はっきり言って意味わかんない。話聞いてたらそれが二人だけの関係じゃないことくらい篠宮ならわかってるよね？　紹介されるんだよ？　他の人に認識……されちゃうんだよ？」

神崎の言葉は怒りやら悲しみやらがごっちゃになっている。語調が普段のままな分、余計にそう感じられる。

「それなら私との関係隠す必要もないじゃん。別に今の関係が嫌なわけじゃないけど……他人との嘘《うそ》の関係がよくて私とのが駄目なのは……ちょっと納得いかない」

秘密の恋人を選んだのは、希望したのは俺だ。神崎の言い分は何一つ間違っていない。だから今度は俺が話す番だ。きちんと、説明する番だ。

「最初は断るつもりだった。それは最初から話を聞いてたお前なら知ってるはずだ。偉そうにお説教して、跳ね返されたことを」

「それが何？　私は結果にしか興味がないんだけど。過程なんて……言い訳みたいで聞きたくない」

「言い訳じゃない。変わったんだよ。あいつの事情と……お前がそれを聞いてるって事実を照らし合わせて、考えが変わった」

「……私が？」

「神崎はどう思った？　姫島の過去を聞いて。取り巻く環境を予想してお前は何を考えた？」

論点の移動に一瞬戸惑った様子だったが、やがて時間を巻き戻すように神崎は話し始める。

「……自惚《うぬぼ》れてるみたいになっちゃうけど、私がその過去の姫島さんの隣にいてあげたかったかな。篠宮の好きなものだからって理由で読み始めたラノベだけど、今は篠宮より楽しんでる自信があるから。きっと感想を共有して一緒に楽しんで……いい友達になれたと思う」

ほんと、なんて素敵な女の子なんだろう。俺にはもったいないくらいだ。

神崎は姫島を遠ざけているわけではない。ただ姫島が一歩を置いているのに合わせて、自分も近づきすぎないようにしているんだろう。器用故の判断だ。

「一言余計だ。俺の方が楽しんでる」

「それこそ余計じゃん。早く話進めてよ」

今のは脱線しただけで本題は進んでいない。でも、ＲＰＧのレベル上げも似たようなもんだ。ストーリーから外れたところで、ストーリーを進めるための準備をする。今の神崎の気持ちは話を進める上で必要不可欠なものだった。

姫島が猫を被るようになったのはラノベが原因だ。周りに期待するのをやめたことで、身を潜めるための居場所を守ろうとしている。

単純な話、きっかけがラノベなら、変わる要因もまたラノベしかないのだろう。

「あいつに気づかせたいんだ。籠る必要はないって。お前が見てない間に、世界はお前の味方に近づきつつあるって。だから話を受けた」

「……理由は聞いてないよ。私は――」

「俺は、そもそも偽彼氏をやるなんて言ってないけどな」

「……え？　でも今、話を受けたって」

「あいつに最初に頼まれたのは放課後に教室に来いってだけだ。お前だって聞いてただろ？」

神崎の頭に疑問符が浮かぶ。思考を巡らせ、やがて思い至ったようだ。

「……あー！　え、そういうことなの？」

「『はっきり言って意味わかんない』だっけか？　こっちのセリフだ」

「……最悪だよ……色んな意味で」

神崎は力が抜けたように机に突っ伏してしまう。好きなやつを困らせるのは楽しいものだ。

「……でもただ教室に行ってどうするの？　篠宮にとってはアウェイだよ？」

体勢はそのままに、神崎は拗《す》ねたように俺を見る。その言い方、最悪リンチされるみたいなニュアンスを嫌味《いやみ》で込めてる感じがする。

「だな。俺が行ったところで無意味だ。むしろ悪化するかもしれない」

先生にチクったやつが忌み嫌われるのと同じ原理だ。

それに俺がいくら訴えたところであいつには届かないだろう。俺は視野を広げない口実にさえなり得るから。

だから、俺の他にも理解者がいると気づかせるために俺が説得するのは悪手だ。

「神崎。話があるんだが……聞いてくれるか？」

「……いいよ。でも一つだけ確認させて欲しい」

「なんだ？」

「私がなんでここに来たのか、わかる？」

神崎は真剣な雰囲気を纏《まと》っている。まるで試されてるみたいだ。正直最初はわからなかったが、今ならば。

「わかってるよ。心配すんな」

誤魔化《ごまか》しにも聞こえそうな回答に、けれど神崎は満足そうに頷《うなず》いた。

幕間❤現実は小説より奇なり

放課後になってからしばらく。教室からわたしたち以外のクラスメイトがいなくなった。

「――かぐやぁ、彼氏いつ来るの？」

「今さっきラインが送ったからもうちょっとかな」

「ふーん」

美優《みゆ》は興味があるのかないのか、背もたれに体重をかけながらまたスマホをいじりだす。

部室で了承してもらったし、今いつもの短い返事も送られてきた。それでもやっぱり不安が勝って、つい教室の時計を見てしまう。……もしバイト代で脅してたらこんな気持ちはなかったんだろうか。

この場に先輩が来ないとなれば、わたしが嘘を吐《つ》いたことが美優たちに露見する。グループに居られなくなって、教室《ここ》は針のむしろになるかもしれない……。嫌な想像がはかどる。どこかの本にあった、不安は連鎖するというのは真実のようだ。

もし先輩が来なかったら。もし先輩が本当のことを言ってしまったら。……もし今日を上手《うま》く乗り越えられたら。

その時のわたしは何を選択するのか。まるで他人事《ひとごと》のように考えることしかできない。

ガラガラ。

その音を聞いた瞬間に安堵《あんど》が心を満たし、音の方に目をやると絶望が這《は》い上がってきた。

「――こんにちは、姫島《ひめじま》さん」

「神崎《かんざき》……先輩……」

動揺が声に滲《にじ》んだ。……なんで。なんで。なんで！　現実に対して、裏切られたことに対して、先輩に対して。同じ感情が渦を巻く。

「友達かな？　こんにちは」

「こ、こんにちは」」

「……………」

彩夏《あやか》と三咲《みさき》は完全に委縮し、美優は平静を装っているが驚きを隠しきれていない。まるで友達の保護者に対する小学生みたいな反応だ。この人がどれだけの存在なのか、肌で感じた気がする。

「どうして先輩がここに？」

リーダーとしての、女王としての矜恃《きょうじ》か、美優がこの場の誰もが聞きたいであろうことを代弁する。

「姫島さんに借りた物を返しに来たの」

借りた……？　そもそも何も貸した憶《おぼ》えがないんだけど。でも目的がそれなら先輩は先輩で別に来るのかもしれない。……そう祈るしかなかった。

「神崎先輩ってかぐやと知り合いなんですか？」

「同じ部活なんだ」

にこりと笑ってこっちに向かってくる。正直何のつもりで来たかがわからないから、その整った顔でさえも不気味に見えてしまう。

「はい、これ」

「――！」

思わず息をのんだ。だって、神崎先輩が差し出したのは……。

「何それ、本？」

「こくはく……スペクタクル？」

「……！」

手元を覗《のぞ》き込んできた彩夏と三咲。二人から隠すように神崎先輩から渡された『告スぺ』を背中に。でもあからさまだったのがまずかったみたいだ。美優が興味を持ったように薄く笑う。

「見せてよ、かぐや」

差し出された手。……思えば、人からこうして見せて欲しいと言われるのは初めてかもしれない。

拒絶されるのが怖くて、ずっと隠してきたから。どうせ受け入れてもらえないと見限っていたから。

……どちらにせよ、ここで見せなきゃ怪しまれる。大人しく『告スペ』を渡した。

美優は不思議なものを見るように表紙をジロジロ。中を開くまでもなく机の上に置いた。

「これ、オタクが読むやつじゃん」

彩夏と三咲も何か言っているようだが、耳は雑音として処理してしまう。

ああ……なに期待してたんだろ。微《かす》かにでも希望を持った自分に嫌気がさす。

「なに、かぐやこんなの読んでるの？」

こんなのって言うな。叫びたくても叫べない。理性的な自分がとことんうざい。

今日はこんなはずじゃなかった。先輩を美優たちに彼氏と紹介して、美優グループの姫島かぐやとして大団円を迎えるつもりだったのに。要らない邪魔が入った。余計なスパイスをねじ込まれてわたしの予定を台無しにされた。

怒りはぶつけられる方にぶつければいい。

「神崎先輩は何のつもりでここに来たんですか……！」

「何のつもりって……借りた物を返しに来たって言ってたじゃん」

「そうだよ」

「違うよ彩夏、三咲。そもそもわたし、この人に物なんて貸してない」

「えっ……じゃあ」

「先輩が嘘《うそ》吐いてるってこと……？」

疑惑の視線が次々と神崎先輩に向かう。そんな中でも飄々《ひょうひょう》と、彼女はこちらを向いた。

「いいの？　本当のこと言って」

どういうこと？　なんでわたしに聞き返すの？　その笑顔の裏に何があるの……？　考えを巡らせて一つの答えにたどり着く。

妙にちょうどいいタイミングだと思った昼休みの来訪……最初から中の会話を聞いていたのだとすれば、これでつじつまが合う。

わたしに彼氏がいないことをわざわざ言いに来たのだとしたら……ただの嫌がらせでしかない。

そこまでして先輩と一緒になりたいの？　障害に打ち勝つんじゃなくて、周到に根回しして排除して……そんなの美優と、過去に知り合った子と何も変わらない。

どこか、この人は今までの人とは違うと思っていた。ラノベに興味を持ってくれて、もしかしたら友達になれるかもなんて淡い期待がどこかにあったのかもしれない。

結局この人も敵だ。男が関わっただけで変貌する野生の女。世界は相変わらず、わたしに厳しくできている。

「――一つ、気になるんですけど」

美優が口を開く。視線を自分の元に集めてから挑戦的ににやりと笑う。

「先輩は読んだんですか、これ」

状況的に、まるでわたしを庇《かば》うような美優の言動だが、実際は違う。興味の対象が、噛《か》みつく対象がわたしから神崎先輩に移っただけ。

「読んだよ」

短く神崎先輩はそう答える。そりゃあわたしが貸してないなんて言った後だ。下手に嘘を吐いて評価を下げるつもりはないんだろう。でも、こう答えることがわかってたから美優も質問を投げつけたわけで。

「へえ……どうだったんですか？　オタクの読み物は」

面白かったと肯定的な感想を述べれば、自分の価値観で神崎先輩を否定。つまらなかったと否定的な感想を吐けば仲間に引き入れて、保留になっているわたしについて話題を変える……といったところか。

実に美優らしい、回りくどくていやらしい考えだ。どちらに転んでも自分の優位に持って行こうとしているあたり貪欲というか、余計にたちが悪い。

でもこの答えはほぼ決まっているようなものだ。

神崎先輩は人気者。その知名度は学年の壁を優に飛び越えるほど。時代が進み社会がオタク文化に寛容になってきているとはいえ、彼女からすれば立派なレッテル。要るか要らないかを問われた場合、後者を取るに決まっている。

はあ……うまくカモフラージュしてきた自信があったんだけど、これでこの生活も終わりかなぁ。

そうなると、結局わたしには先輩しかいないってことに……ってここまで時間が経《た》っても来る気配がないんじゃ捨てられたも同然なのかな。なんでわたし、「わかった」なんて短い言葉を今まで信じてたんだろう。

すごい。嫌な考えがぐるぐると頭を支配していく。希望が光なら絶望は真っ黒。泥みたいにまとわりついてきて、抵抗することすら億劫《おっくう》になる。

「——学園ラブコメだから、女の子も読みやすいんじゃないかな。初心者でも、楽しめると思うし」

その回答は自分の枷《かせ》にしかならないはずなのに。神崎琴音《ことね》に泥を塗るかもしれない選択なのに。……彼女が余計にわからなくなった。

「ふ、それなら先輩もオタクなんじゃないですか？」

「そうだね。でも世間的にはにわかオタクってやつなんじゃないかな。まだ一年も経ってないし」

なんで動揺しないの。ここでオタクに肯定的な主張をしたって無意味だってわかるでしょ。媚《こび》を売れる相手も好印象を抱かせる対象もいないんだから……！

「姫島さん」

神崎先輩がわたしの方を向く。……その奥が読めない瞳でこっちを見ないで欲しい。

「これ、私がこの前勧めた時読んでくれたよね。その感想、聞いてもいいかな？」

今の言葉は嘘だらけだ。

『告スペ』は神崎先輩と知り合う前に読んでたし、感想はもう語り合っている。主人公の陽キャ男子の心情の変化がいいとか、ヒロインの段々氷が解けていくような描写が好きとか、そういう読んでいなきゃわからないマニアックな討論。

ではこの質問をした意図は何なのか。……それはわからないけど、他にわかることは一つ。

これがチャンスだということ。美優グループにしがみつく絶好の機会。

今ここでわたしが否定的な感想を口にすれば、美優は匿《かくま》ってくれるだろう。それで神崎先輩をこのグループで追い詰めるつもり。

正直神崎先輩が崩れるようには感じられないけど、わたしはそれが目的じゃない。これからも穏便な学校生活を送るために、別の目的にあやかって立場を守ることだ。

「………」

口を開いては閉じ、開いては閉じる。

「………！」

声が出ない。出す気にならない。

自分の体の異常に動揺して視線を迷わせると、不意に神崎先輩と目が合った。別に助けを求めたわけじゃないのに、彼女はにっこり笑った。

「いいの？　本当のこと言わないで」

本当のこと。本音。自分が……腹の底から言いたいこと。……そっか。

「──心底好きだなぁって思います。ストーリーもキャラも、全部」

今度はすんなりと出た。胸のつっかえが取れたみたいで一気に心が軽くなる。

確かに立場は大事だ。一人は寂しくて辛《つら》い。そんな状態で席に座ったままなんてわたしにはできないし、お断りだ。だから目立たないように、目を付けられないようにと振舞ってきた。わたしは先輩とは違うから。

でもそれ以上に、好きなものに対して嘘を吐《つ》くのは嫌だ。そこまでして立場を守りたいとはわたしには思えない。

単純な話、わたしの本質は多分変わってない。ただ天秤《てんびん》にかけた時、本当に譲れないものが浮かび上がってきただけのこと。

「……あんたもオタクなんだ、かぐや」

見捨てるように、興味がないように美優はそう言った。

あーあ。理性的だなんて聞いて呆《あき》れる。口先だけ偽って、心の内で大事に隠すのが一番賢い選択だっただろうに。なに律儀に二者択一してんだろ。

多分それほどまでに、わたしはラノベが大好きなんだ。だから自分の口で嫌いなんて、嘘でも言えない。

「オタクって、好きなものを好きって言えるって、最高だよ！」

美優に、過去の級友に向けて言い放った言葉。それを皮切りにどんどん胸の奥から溢《あふ》れてくる。

勢いに任せてすべて吐き出してしまおうかと思った瞬間。神崎先輩がわたしの肩に手を置いた。

「せっかく高校生になったんだから、色んなものに触れてみないと勿体《もったい》ないよ」

「……一つ年上ってだけで上から目線とかちょーむかつくんですけど」

「そんなつもりはないんだけど……そう聞こえちゃったならごめんね」

神崎先輩が大人対応すぎて、美優たちが何も返せなくなってる。多分挑発のつもりで言ったんだろうな、今の。

代わりにわたしが標的になったみたい。

「例の彼氏、いつ来るん？」

ここまで来たんだ。もう嘘なんて吐かなくていい。

「来ないよ。だってそもそも彼氏なんていないもん」

「やっぱりか……あんたそんなに見栄《みえ》張りたいの？　ウケるんですけど」

「全然わかってなくてウケる」

「ああ？」

「わたしはただ、藤原くんとの疑いを晴らすために嘘を吐いたの。美優がしつこかったから」

　そういえば人と本音で向き合うのはいつ以来だろう。美優たちと相対しながらそんなことを考える。どことなく『告スペ』の最後のシーンに似てるかも。主人公がヒロインのために、立場を顧みず自分を露《あら》わにしたクライマックス。

「他の人を牽制《けんせい》するんじゃなくて、自分でアプローチしなよ。藤原くんもそう言ってたじゃん」

「っ！　あんたに偉そうに言われる筋合いはないんだけど！　自分だってぶりっ子のくせに！」

「ぶりっ子……？」

「あんた、男子に話しかける時、毎回媚売ってるじゃん！」

「いや、そんなつもりは……なかったんだけど」

「無意識とでも言いたいの？　ちょっと可愛《かわい》いからって調子に乗んな」

　……そうか。どうせ分かり合えないって勝手に決めつけてたけど、先にそうやって壁を作ってたのはわたしの方なんだ。理解しようとしないくせに、理解されることを望んだ。理解されないのを、周りのせいにしてた。

　もし、最初から取り繕うことなく接していたら、美優たちと心の底から笑い合うこともできたのかな……なんて考える。今更気づいても、もう遅いのに。

「可愛いならもうぶりっ子じゃなくない？」

「は？」

「可愛い子ぶるからぶりっ子でしょ？　わたし、ぶらなくても可愛いし」

「……何言ってんの、こいつ。彩夏、三咲行くよ」

美優の号令に取り巻き二人がついて行く。一応お節介を焼いておこう。

「二人も、自分の意見をたまには言ってあげるんだよー」

美優はガン無視、肝心の二人は動揺した様子でちらちらわたしのことを見てから、美優と共に教室を後にした。……この後は悪口大会かな。ネタにされるのも悪くない気分。

「――なんでお前は火に油を注ぐんだよ、姫島」

引き戸が開くと先輩が姿を現した。余裕そうな口ぶりから一部始終を聞いていたことが窺《うかが》える。

「遅刻ですよ、先輩。もう終わっちゃいました」

「俺はネタばらし要員だ。最後に出てくるのは当然だろ」

「……正直裏切られたのかと思いました」

「悪い。これが最善だと思ってな」

珍しくばつが悪そうに頭を下げた先輩。これだけで捨てられていなかったんだと安堵《あんど》してしまう。

「お前が自分で気づくことが大事だと思ったから、一切詳細は知らせなかったんだが……意味はあったか？」

「はい。ちゃんと……わかりました」

先輩の他にも理解を示してくれる、味方になってくれる人がいること。好きなものとは本音で向き合いたいという私の気持ち。この二つに気づけたのは大きな前進だと思う。

その上で。

「神崎先輩」

「何かな？」

「その……ごめんなさい！」

「え、ちょ、どうして謝るの？」

「神崎先輩のこと、誤解してました。どうせ自分の利益しか求めてないって決めつけて、失望しちゃいました。ほんとはこんなに優しい人なのに」

「別に気にしてないから顔上げて。私は姫島さんがあの場で本音を打ち明けてくれて嬉《うれ》しかったよ？　やっと……近づけたね、かぐやちゃん」

うわ、この人天使か。

「……琴音先輩って呼んでもいいですか？」

「大歓迎だよ。改めてよろしくね」

笑顔が眩《まぶ》しい……。これは道理で男女両方から人気が出るわけだ。

「本題に戻っていいか？」

「まだ続きがあるんですか？」

「お前のこれからだ」

「これから……って大袈裟《おおげさ》な言い方ですね。未来設計図でも書くんです？」

「あれだけ所属グループに啖呵《たんか》を切ったんだ。明日からはボッチだぞ」

……そうだった。少し自分の言動を後悔してしまう。もうちょっと控えめにしておけばよかったかも。

「覚悟はできてる……っていうかしなきゃ駄目なんですもんね」

「まあ、お前は自分が思うより弱くないと思うぞ。あんだけ言い合えるんだし」

「うーん……そう、なんですかね」

自分というのはわからないものだ。十五年間生きてきてまだ初めて知ることがあるくらい。人生を使い切っても、全部を見つけることは不可能なのかも。

「ということで、煮え切らないお前に救済措置だ」

「え？」

引き戸が静かに開いた。室内に入ってきたのは普段この教室でよく見る人物。けれど手が届かない場所に佇《たたず》んでいる生徒。

「……玉枝《たまえだ》さん。なんでここに？」

肩口に切り揃《そろ》えられた髪と可愛らしい容姿はまるで日本人形。表情を滅多《めった》に変えない彼女が頰《ほお》をほんのり赤く染める。

「友達に……ならない？」

「え……わたしと？」

自分を指さして確認を取ると、こくりと頷《うなず》いた彼女。

このタイミングで来たということは、彼女もまた一部始終を聞いていた可能性が高い。

「理由を聞いても？」

「『告スペ』……好きって言ってくれたから。ラノベにも詳しそうだし」

「玉枝さんラノベ読むの!?」

嬉しい～。一度話した時からずっと気になってたから余計に！　それに『告スペ』も読んでくれたってことなのかな？

「悪い。口挟むけど、こちら、作者の蓬萊《ほうらい》先生な」

「え」

「うそ」

近い反応をした琴音先輩と思わず目を見合わせる。そして二人で彼女に目を向けた。

「……『蓬萊』です。よろしく」

玉枝さんは照れくさそうに笑った。初めて見た彼女の笑顔。判明した事実を含めて特別感に満ちていた。

「ちょっと篠宮《しのみや》。事前に聞いてないんだけど！」

「サプライズだ」

「私には教えてくれてもよくない⁉」

「同時の方がリアクションが一気で楽」

「理由が適当過ぎないかな⁉」

さっきは落ち着いていた琴音先輩もこの動揺っぷり。むしろなんで先輩がそんな落ち着いていられるのか……というかどうやって知り合ったのか教えて欲しい。

「……先輩」

抗議の視線を送る。顔引きつってるけどなんでだろうなー？

「作者がいるのに、どうして『告スペ』をあの場で出したんですか」

わざわざ非難の対象に選ばなくてもいいだろうに。玉枝さんが挙手した。

「それは私が了承したから」

「え、でも……散々言われてるんだよ？」

「全人類にわかってもらおうとは思ってない。それよりも、姫島さんがああ言ってくれたのが嬉しかった」

あ、駄目だ。この子、普段表情に変化がない分、笑ったり照れたりした時のギャップがとてつもない。

「ここまで言われてるんだ。しっかり答えてやれよ」

そっか。友達って基本はこうやってできるんだっけ。先輩に急《せ》かされるって変な感じ。

「断る理由がないよ。玉枝さん」

さっきの笑顔に負けないように思いっきり笑ってやった。

「ねえ玉枝さん……じゃなくて蓬莱先生。サインとか……貰《もら》えたりするかな？」

ほんとに『告スペ』好きなんだなぁ、琴音先輩。でもわたしだって負ける気はない。

「記念にわたしも欲しい！」

「……わ、私のでよければ」

二人で迫ると、玉枝さんは困った表情を浮かべながらも頷いてくれた。

琴音先輩と目を見合わせて流れでハイタッチも済ませる。イエーイ！

「んじゃ俺は荷物取ってくるな」

「先輩はいらないんですか？」

「カバンに入ってるんだよ」

「なるほど」

先輩みたいな人でもサインは欲しいんだ。なんか意外。

「じゃあ私も行く」

「琴音先輩のはそれじゃないんですか？」

美優の机の上にある『告スペ』を示して訊《たず》ねる。

「それだけど、荷物は部室だから。篠宮の言い草的に部活はないっぽいし」

「なんかやり切った感あるからな。今日くらいいいだろ」

「相変わらず適当だね」

「それより、まとめて俺が持ってくるからお前はここにいろ」

「あーいいよ。私の結構重さあるし」

「いいって。わざわざ人数を割く意味がない」

そう言って、半ば無理矢理《むりやり》一人で教室を後にした先輩。琴音先輩は「もう……」と不満を漏らしている。

「わたしトイレ行ってきますね～」

ひらひらーと手を振って、わたしは蝶《ちょう》のようにその場から抜け出した。

第六話❤月は煌々と

文芸部に着いた俺は早速荷物を運ぶ——なんてことはせず、椅子に座ってくつろいでいた。整理整頓中の読書とか、テスト勉強中の漫画みたいな感じ。

部室で一人というのは久しぶりだ。

もちろん神崎《かんざき》との二人きりの時間はおろか、姫島《ひめじま》が加わった三人での部活動も嫌いではないが、俺の本質はボッチ。常に孤独を享受する心構えである。

しかしそれは長く続かないようだ。

たんたんたんたん。

足音が駆け寄ってきている。

「——せーんぱいっ！」

「ん？　ああ姫島。サイン会は終わったのか？」

「いえいえ、ちょっと抜けてきました。先輩の様子でも見ようかと」

監視員が来てしまったとなれば、この背徳的行為も終了せざるを得ないか。

「はいはい。働きますよ」

よっこらせっと椅子から立ち上がり、それを片付けてから神崎の荷物と俺の荷物を机の上に置いた。確かに神崎の重いな……何入れてんだ？

「姫島。ちょうどいいから俺の持って」

「わざわざ人数割く意味ないって言ってましたよね？」

「一人を謳歌《おうか》するための口実に決まってんだろ。それに、使える人材は使うのが俺のモットーだ。頼んでもないのに来てしまったお前が悪い」

「む……わかりましたー。でもその前に渡したいものがあります」

姫島が取り出したのは茶封筒。あーバイト代か。

「はいどうぞ、先輩」

「サンキュー」

手を伸ばすとまるで同極の磁石を付けたように遠ざかってしまう俺の給料。

「……なんだよ」

「少しお話に付き合ってくれませんか？」

何かと思えば、それくらいならどうってことない。

「先払いならいいぞ」

「では交渉成立で」

封筒を受け取って即座にカバンに仕舞《しま》った。いちいち椅子を用意するのもめんどくさいので机に浅く腰掛ける。良い子は真似《まね》しないように。

「で、なに話すんだ？　世界情勢？」

「そんなのは大人に任せておけばいいんです。わたしたちは……それじゃあ昔話でもしますか」

「それはおばあちゃんたちに任せておけばいいだろ」

「桃太郎《ももたろう》とかじゃなくて、わたしたち自身のですよ」

「なるほど……ってそれはそれで今度はじじ臭くないか？」

わしが若い頃はのう……から始まるやつだろ。たいていが自慢話。

「いいじゃないですか。たまには過去を振り返らないと忘れちゃいますよ？」

「まあ別にいいんだけども」

俺が頷くと姫島は本棚に向かって歩いていく。

「最初に会った時のこと、憶《おぼ》えてますか？」

「ああ。あのやかましかったやつな」

図書室でラノベを読んでただけなのに、突然ハイテンション美少女に話しかけられた。

その出来事を忘れられるやつはなかなかいない。

「あの時はつい興奮しちゃって……」

「その言葉と一緒にはにかむな。エロくなるだろ」

「先輩がやらしいんじゃないですか？」

「やらしくない男なんていない」

「……そんなどや顔で言われても」

真理だ真理。姫島は動揺を咳払《せきばら》いで誤魔化《ごまか》した。

「でもあれは運命の出会いでしたね」

「そうか？　むしろ運命の歯車が狂い始めたみたいだったぞ」

「なんですかそれ！」

「静かな日常がお前のせいで崩れ去った」

「荒《すさ》んだ日々がわたしのおかげで色づいたんですね」

物は言いようである。人の過去を荒んだって言い切るのすげえな。

「あーもうそれでいいよ」

「……適当ですねー」

姫島はわかりやすくむくれた後、少し真面目な表情になる。うろうろ徘徊《はいかい》していたのをやめ、俺の腕を伸ばしてもギリギリ届かない位置に腰を下ろした。

「机ギシギシ鳴ったんだけど」

「劣化ですよ」

「いや、でも――」

「劣化です♪」

「……糸井《いとい》先生に進言しとくか」

念のために俺は壁に寄り掛かることに方針を変更した。俺が重すぎたかもしれないからね！

壁に背中を預ける形でちらと姫島の様子を窺《うかが》う。しかしちょこんと机に座って過去を懐かしむ彼女の本心は透けてこない。そうこうしているうちに目が合った。

「わたしは先輩と会えてよかったです」

「……面と向かってそういうこと言うんじゃねえよ」

ぷいっと明後日《あさって》の方を向く。

さすがに真っ直《ま》ぐ《す》純粋に来られると俺としても弱ってしまう。ドラキュラやゾンビが日光を苦手とする原理に似ている。

「知ってますか？　中学の頃のわたし、先輩が学校に通う理由だったんですよ？」

「……光栄だな」

だからこっちを一直線に見るのをやめて。いつものお前の方が話しやすいし慣れてるから。

願ったことは届いていないのか、それとも届いたうえで無視されているのか、姫島はそのままの調子で続ける。

「先輩との時間がすべてだったんです。だからこの高校に来ました。先輩を、追ってきました」

「……そうだったのか」

前は校則が緩いからと話していた記憶があるが、メインは俺だったみたいだ。恥ず。

「勉強めちゃくちゃ頑張ったんですからね？　すっごく大変でした」

「勉強だけはできたんだ、悪いな」

「いい経験になったのでよかったです」

「古典は駄目っぽいけどな」

「それ言ったら先輩の数学もじゃないですか」

「この話はやめにしよう」

お手上げだと手ぶりで示すと姫島は「ですね」と笑う。

中学と高校の数学のレベルは段違いなのだ。気を抜けばいつの間にか置いてけぼり……なんてことも多々ある。

「先輩は自分の名前の由来って知ってます？」

「いや知らない。そんな珍しい名前じゃないし、誠実に生きて欲しいとかそんな感じなんじゃないか？」

「ふ、誠実って」

「おい。今ちょっと笑ったろ。ていうか昔話、これ？」

「ちゃんと繋《つな》がりますよ。脱線じゃなくて迂回《うかい》です」

姫島は「でも……」と続ける。

「いいですね、シンプルで。込められた深い意味を読み解こうとまでは思わない」

言われてみれば、自分の名前に関心を持ったのは、小学校で名前の由来を親に聞いてくるという宿題を出された時が最初で最後だ。肝心の内容も、もう憶えていない。となると。

「お前は……一筋縄じゃいかなそうだな」

かぐやと聞いて連想されるものは少なくない。

「わたし、小さい頃から嫌いだったんですよ。月」

ほう……明確に嫌っているというのは珍しいかもしれない。

「わたし結構外で遊ぶタイプの子だったので、昼間に出る太陽の方が好きでした。ずーっとお昼が続けばいいなんて思ったこともあったなー」

今の見た目ともイメージとも差異はない。野原で走り回っている姫島の幼い姿が目に浮かぶようだ。別にロリコンってわけではない。

「俺は結構好きだけどな、月」

「まあ引きこもってたら夜が好きになりますよね」

「決めつけがひでえな。俺だってそこそこ外で遊んでたわ」

姫島が関心を持ったようだ。興味深げに俺を見る。

「へえ、何してたんですか？」

「鉄棒と縄跳び」

「全部一人でできるやつじゃないですか……」

「あ、あとサッカーのリフティング」

「ごめんなさい、続けてください」

「……はい」

本気で謝られた……。複数人で遊ぶより一人で遊ぶ方が工夫する力が鍛えられていいと思うんだけどなあ。

「月って自ら発光はしないだろ？　それが一歩身を引いて星を引き立たせてるように見えて俺の中で好感度高い」

男の子は年を重ねていくうちに主人公より参謀役、武将より軍師が好きになるものだ。(俺調べ)。しかし幻想的な話題に姫島は現実的に切り込む。

「せっかく引き立てても、ここら辺の都会じゃ星なんて見えないんですけどね」

「……そこは想像で補うんだよ」

「わたしは逆です。自分の力では夜ですら輝けない。主役の器じゃないから嫌いです」

月に対しての当たりが強すぎる。俺も同情するレベルで。

しかし姫島はううんと首を横に振る。ここで終わるわけではないらしい。

「嫌いでした。まるで周りに合わせるわたしを象徴しているかのようでしたから。名前という名の鎖に繋げられて、これは運命だから逃げられないって言われてるみたいだったから」

姫島は自分の名前に関心を寄せて、色々調べて知識を増やしたんだろう。それはそれで面白そうだが、こいつの場合嫌いになるまで続けてしまった。

うまいものも、毎日三食続けて食べれば飽きるものだし、好きなものが突然嫌いになる

 こともある。それならば、何でもないものを嫌いになるなんてそう難しいことじゃない。

「でも結局はわたしの過度な思い入れだったんです。勘違いだったんです。別に周りに合わせなくても、居場所はあった。気に入られようとしなくても見てくれる人たちがいた。今日はそれに気づけた、大事な日です」

　確かに月というのは、太陽の光があって初めて目にすることができる。でもそれは俺たち側の認識の話だ。俺たちが視認できないからといって、その存在がなくなるわけではない。新月なんて在り方がまさにそうだろう。輝かなくたって消えちまうわけじゃない。

「玉枝《たまえだ》さんとはもっと仲良くなりたいし、琴音《ことね》先輩とはもっと近づきたい。文芸部は本当の意味で大好きな場所に変わりました」

　自分が変われば世界が変わるなんていうのは空想のおとぎ話だ。ただ自分の見方を変えれば違う世界が見えるようになるだけ。もとより世界というのは広すぎる。全部を知り得るなんて、それこそ神様にしかできないことだろう。

「でもその代わり、先輩は特別じゃなくなっちゃいました」

「そうだな。お役御免ってところか」

　すると姫島は机から降り立って、こっちに向かってくる。そして正面、向かい合うように立ち止まった。腕を伸ばせば届く距離。

「好きです」

飛んできた四文字に思わず姫島をまじまじと見つめてしまう。

「だからまたわたしの特別になってください、先輩」

ああ。こいつは新しい物語を始めるつもりなんだ。

先輩と後輩とはまたちがう関係値で、次の一歩を踏み出そうとしている。

となると今の思い出話は、アニメの二期の放送が始まる直前に、一期を見直すという行為に当てはまりそうだ。復習というニュアンスが、確かに込められている。

でも俺は。こいつの意志を聞いて何を思うのか。

物語に手を出したほとんどの人は、続きが見たいと期待を膨らませることはあっても、終わってほしいと願ったことはないだろう。

それはなぜか。簡単だ。

遅かれ早かれ、どんな形であれ最後を迎えるから。

来るとわかっているものに、望みなんて持たない。来てしまったのなら、それを受け入れるしかない。たとえバッドエンドだとしても。

俺はなんだかんだ、姫島のいる日常を気に入っていた。真実を一つ隠すだけで、維持ができていたそれを。

どうやら今日は、嘘でできた城を取り壊す日のようだ。

はにかんだ姫島を見て、やっぱりこいつは魅力的な女の子だと思わされた。隣でにこにこ笑ってくれるだけで満たされるだろうし、きっと一秒一秒に意味を与えてくれる。こいつ自身がさっき言っていたように、荒んだ日常すらも彩ってくれるのだろう。

――でも俺は。

「そういえば、俺の昔話はしてなかったな」

そう切り出して告げる。現実を。認識の違いを。そこから生まれるすれ違いってやつを。

「元々俺はお前の特別になったつもりもなければ、お前を特別だと見なしたこともない。だからまたなんてそもそもないいんだよ」

「…………！」

姫島の顔が動揺に染まる。やがて俯《うつむ》き気味に呟《つぶや》いた。

「これは……振られたって認識でいいんですか……？」

自問自答のようなものだったらしい。俺が答える前に姫島は顔を上げる。

「じゃあ教えてください。どうやったら先輩の特別になれるのか」

貼《は》り付けられた笑顔。なんとか取り繕って切り替えた、その努力と健気《けなげ》さが窺える表情。

俺も教えて欲しい。こんな素敵な女の子にここまで言わせた俺に、実際その価値はあるのかと。でも今は浸っている余裕はない。

こいつには無理して笑って欲しくない。いつもの太陽みたいな笑顔に翳《かげ》りが生まれてしまうから。

そんな身勝手な理由で、俺はまたこいつを引き離す。

「俺は神崎と付き合ってる。だから、どんな形であれお前の気持ちには応えられない」

「え……？」

目的の達成を知らせるように姫島から仮面が剝《は》がれた。元の動揺している顔が文字通り顔を出す。

でまかせだと、面白い冗談だと笑われるかもと思っていたが、その心配は杞憂《きゆう》に終わった。

「……いつからですか」

俯いてからの呟き。今度は俺に回答権があるみたいだ。

「二か月前の終業式」

ピクリと彼女の肩が揺れた。

「……じゃあ前のコンビニは？」

動揺も、同情も、しない。

「一応デート中だった」

わなわなと震えだす彼女。

「……じゃあずっと、ずっとわたしだけ仲間外れだったんですね」

「お前がそう感じたなら、それがすべてだ」

答えた途端、勢いよく姫島は顔を上げる。表情を読み取る前に胸元に接近、顔を隠すようにして言葉を絞り出した。

「少しは申し訳なさそうにしてくださいよ……！」

何もかもが混ざった声。吐き出されたそれはダイレクトに胸元に響く。

悲痛な叫びは当然耳にも届いている。こいつは俺に似て理性的で、優しい女の子だ。感情的になっているようで、なりきれない。そんな自分にも気づいてしまう、損な性格をしている。

「じゃないと……一方的に責められないじゃないですか……！」

当然、そんな彼女を俺が抱きしめることはなかった。

しばらく経《た》って、感情の吐露は収まったが、姫島はまだ俺の胸元から顔を上げようとしない。ここで突き放せればもう終わっていたのに、そこまでには俺もなれなかった。

「なんで……隠してるんですか？」

素朴な疑問だ。だからこちらも飾らず答える。

「あいつって太陽みたいなんだよ。笑顔とか以前に性質が」

頭に浮かぶのは誰も近づけないところで、誰に対しても平等に光を与える。そんな姿。

「だから胸を張って隣を歩ける自信が……まだない」

「じゃあなんで……付き合ってるんですか」

「わがままなんだ、俺は。自信はないくせに、向けられた思いを受け取ってしまう傲慢なやつなんだ」

恋は盲目とはよく言ったもので、告白をされた瞬間、それを断る選択肢は浮かんでこなかった。手放してしまったら、それっきりだと思ってしまったから。

「だから多分、俺は主人公にはなれない。自分の矜持《きょうじ》を何よりも優先して、お前に似合うまでの男になって、俺から告白してやるなんて言えない。言えなかったんだ」

これを果たして、先ほど告白をしてきた後輩に話してよかったのか。

……話し終わったあとに考えても仕方ないのにな。思わず呆《あき》れて笑いそうになる。

「……本当に好きなんですね、琴音先輩のこと。聞かなきゃよかったです」

「じゃあそろそろ離れてくれ」

「制服、わたしの汗でいい香りですよ」

「まだ汗をかく季節じゃないだろ」

「乙女の冗談には乗ってあげるもんです」

姫島はようやく離れた。顔の方は……かけた時間分のリターンはあったようだ。

……もう終わりにしよう。

「明日から、部活来なくてもいいぞ」

「……そうですか」

ああ、そうだ。お前の居場所は俺でも文芸部でもない。玉枝だけだ。その唯一性が、特別感が、仲の発展にも繋《つな》がるだろう。俺の時みたいに。

まるでいいことずくめだ。誰も、損をしてないんだから。

エピローグ♥ある後輩の場合

教室に入って席に着く。この一連の動作も今日はほんのちょっぴり緊張してしまう。

「…………」

背中に視線を感じる。きっと美優《みゆ》たちだろう。席離れててよかった。

別に後悔はしてない。極論好きなものを好きって主張して、言いたいことを言った。ただそれだけ。

第一それで崩れてしまうんだ。長続きする未来は元からなかっただろうし、だったらその前に本音を交わして別れを告げた方が潔いってもんだろう。

ほら、気づけばもう視線は外れてる。気にするだけ時間がもったいない。

黒板に目をやっていると、一人の来訪者がわたしの元にやってきた。

「おはよう、姫島《ひめじま》さん」

「あ、おはよー玉枝《たまえだ》さん」

クラスメイトの前でこうして話すのは初めてだ。黒目がちの瞳は何を考えているのやら。友達になったばかりのわたしにはまだ読めない。

「今何か考えてた？」

あれ。わたしの方は筒抜けみたいだ。それとも作家の観察眼のようなものだろうか。どちらにせよ、もう隠す必要はない。

「美優たちのこと。もう後戻りはできないんだなーって」

「後悔……してる？」

「ううん。むしろ吹っ切れたかな。今のわたしには前しか、玉枝さんと仲良くなる未来しか見えてないよ」

言い終わって純度百パースマイル。……待って。今の言動、我ながらイケメン過ぎでは？　わたしって主人公適性もあったのかも。その証拠に玉枝さん顔赤くしてるし。

「……じゃあ、さ」

「ん？」

「その一歩ってことで……名前で呼び合わない？」

遠慮がちに向けられる瞳がいじらしくて、思わず言葉に詰まる。普段無口な子が恥ずかしそうにすると無駄に可愛《かわい》いって、現実も当てはまるの？　二次元だけの話じゃないの？

「……どうかな？」

「え、あ、うん。いいと思う。すごく大歓迎」

こちらの様子を窺《うかが》う不安と期待が混じったような表情に、ほぼ反射的に頷《うなず》いた。いけないいけない。未知の領域に足を踏み入れるところだった。落ち着け、かぐや。ちょっとドキドキしすぎだぞ。

玉枝さんが気づかないくらいに小さく深呼吸。やられっぱなしは性に合わない。

「なら早速。改めてよろしく、蓬《よもぎ》」

言ってみて少し新鮮な単語だと気づく。もしこの子と知り合わなかったら、日常生活で口にすることは限りなく少なかったに違いない。この口の動きも、変化の象徴なんだ。

……ちょっとわたしキモいかも。

「……うん。よろしく、かぐや」

そんな軽い自嘲はすぐに吹き飛んだ。

控えめなにこり。……いちいち破壊力がすごいな。うちのクラスの男子、この逸材に気づいてないとか見る目なさすぎでしょ。……ほんと、見る目ない。

「……蓬はさ、どう振舞っていけばいいと思う？　これから、ここで」

隠しても仕方ないから。あくまでも客観的な意見を聞いてみる。

「わたし、傍《はた》から見たらぶりっ子らしいし、美優たちから昨日の話が広がれば、確実に女子からは嫌われると思う。嫌われようとはしてないんだけどね。そういう性質《たち》らしいから……うん、仕方ないのかも」

あ、そうか。そうなると……蓬にも迷惑かけちゃうのか。女子社会って繋がりは複雑なのに、規律やルールは単純だ。わたしが嫌われるなら、当然親しいように見える蓬も標的になる。

このことに今更注意が向くとか、少し利己的になり過ぎてたんじゃないの、わたし。

「前まで教室のすみっこに一人で読書してた人が、今更周りを気にすると思う？」

思考に挟まるような蓬の発言に、無意識に顔を上げる。……まったく、察しがいいのも困るなぁ。

「それもそうだね」

「うん。間違いない」

「もしかしてメンタル強め？」

「じゃないと作家なんてやってられない」

おおう……。一瞬目の前の幼い顔に深い闇を垣間見《かいまみ》た気がする。これ以上踏み込んだら確実に危険な何か。今じゃ処理できる自信はない。今は、まだ。

心配は杞憂だった。どれだけ遠出しても、変わらず帰りを待ってくれる居場所をわたしは見つけたんだ。なら、出先ではっちゃけてみるのもいいかもしれない。

「こうなったら、本格的に男子に媚《こ》びるのもありかー」

少し音量は小さめに呑気《のんき》に呟《つぶや》いてみる。こんな発想、以前のわたしじゃ考えられない。

自然と笑みがこぼれてしまう。

するともう一人の来訪者が。

「――それは聞き捨てならないなー、姫島さん」

「……絹川《きぬがわ》先生」

蓬が突如として隣に現れた先生に驚いている。わたしも結構びっくりした。

「クラス担任としては、男女共に仲良くして欲しいんだけど」

にこにことフレンドリーな姿勢だから、発言に少しのギャップを感じる。

この人のことだ。学生時代、同性にとっても異性にとっても、庇護《ひご》の対象だったに違いない。平和の象徴みたいな。ハトか。

「一応善処はしてみます。一応ですけど」

保険をかけた……というよりはその場しのぎの言い訳だけど、先生は満足したみたいに口角を上げる。

「媚びるのはいいけど、飲み込まれないようにね。あくまでも顎で使うって意識で」

「「……え？」」

違和感に首を傾《かし》げた後、蓬と二人で顔を見合わせる。今……らしからぬ発言だったような？

「ごめんね。二人が仲良くしてるのが嬉《うれ》しくて、ついお邪魔しちゃった」

てへっという効果音が似合いそうだ。……わからない。一気にこの人が謎めいた存在になった気がする。

「以上、先生からのワンポイントアドバイスでした〜。もう少しでホームルームだから、チャイムの前には玉枝さんも席に着くように」

「は、はい。わかりました……」

先生は手を振ってほんわかとこの場を去る。そして教卓の前に立って登校してきた人に挨拶を投げかけ始めた。いつも通りの、光景。

「蓬……今のどう思う？」

わたしの頬は今きっと引きつってる気がする。思いがけないものに遭遇して、思考が追い付かない時みたいに。

「……多分、聞かなかったことにするのが賢明」

「だよねー。はい、わたしたちは何も聞かなかった」

ぱんっと手を叩《たた》いて過去を消去する。……それでも全部は消えなくて。

昨日からずっと頭の隅にあるそれは、油汚れのように厄介にこびりついたままで。何度忘れようとしたのか定かでない。

「じゃあ、私は席に戻るから」

「待って」

踵《きびす》を返そうとした蓬を呼び止める。

「ラブコメ作家の蓬莱《ほうらい》先生は、好きって何かわかる？」

質問に目を丸めた後、先生は困ったように笑う。

「私、別にラブコメ作家じゃないんだけど」

「え、嘘《うそ》⁉『告スペ』ラブコメじゃん」

「デビュー作がそうだっただけ。ファンタジーだって、いつか書いてみたい」

「……そっか。ごめん、読者が可能性を狭めちゃって」

先生はふるふると首を横に振る。

「頼られて悪い気はしないから、謝らなくて平気。でも、明確な答えはないと思う」

時計を見てから先生は続ける。

「伝え方も表し方も、そこから発展する物語も、人それぞれで多種多様。定型じゃないからこそ、自由に形を変えられるし、正解がないからこそ、間違いもない。要は本人次第なんだと……私は思う」

少し喋《しゃべ》り過ぎたと思ったのか、最後らへんは羞恥が見え隠れしていた。

「そうだよね。ありがと。勇気出た」

「勇気……？」

「人のことを考えすぎて勘違いしてる人がいるんだけど、その人に一泡吹かせてやろうと思って」

「よくわからないけど……力になれたならよかった」

「さすがわたしの大好きな作品の作者だね」

「……そういえば今、二巻の構想練ってるんだけど……よかったら後で見る？」

おっと……これはちょっとファンサービスが過ぎるなぁ。小規模サイン会が昨日行われただけに、余計にそう感じる。断る選択肢なんてないけど。

「もちろん。楽しみにしてるね」

わたしの返答に蓬はこくりと頷くと自分の席に戻っていった。

それからわたしの周りの席もどんどん埋まっていき、そしてホームルームが始まる。

きっとあの先輩は、わたしの好きを依存としても受け取ったのだろう。だから最後にわたしを突き放すことで、自由にしてやろうと考えた。……まったくお節介が過ぎるし、優しさの伝え方が不器用だ。非情になり切れてないから、冷たい振舞いにもそれが滲《にじ》んじゃうんですよ。

わたしは先輩に振られた。でもその要因となった感情は、きっと依存だけど依存じゃない。だって、蓬と仲良くなって、琴音《ことね》先輩に近づいて、代わりの居場所は手に入れたはずなのにまだこうして求めてるから。居場所としてではなく、一人の人間として近くにいたいと思ってるから。

しかし一度向けた想《おも》いだ。それを受け取った先輩がどう解釈するのかは先輩次第。わたしが口出しするものじゃない。

とはいえ。

こちらの気持ちを勝手に解釈されるのは、少し気に食わない。わたしが恋愛脳だとでも思ってるんだろうか。自惚《うぬぼ》れるのも大概にして欲しい。

「……先輩のばーか」

小さく呟いて同時にふふんと微笑《ほほえ》む。

わたしの憧れの先生は好きに形はないと言った。本人次第……つまりわたし次第だと。

ラブでもライクでも関係ない。わたしが感じたことこそがわたしの貫くもの。この場合、わたしが正義で先輩が悪だ。要は最後にわたしが勝つ。これが道理、決定事項だ。

覚悟してくださいね、先輩。わたし、バッドエンドは嫌いなんです。

エピローグ♥天然姫の場合

放課後。職員室の前である男子生徒と目が合った。あ、すごく嫌そうな顔した。バレバレだぞ～？

「ご苦労様」

「……どうも」

「浮かない顔だね。何かあった？」

「強いて言えば今起こってることですかね」

「相変わらずだな～もう」

「……相変わらずってほど関わってねえだろ」

「聞こえてるからねー」

篠宮《しのみや》くんはぺこりと律儀に一礼した後、この場から去っていった。

あの様子だと……どうやら彼は選ばなかったらしい。どちらにせよ、真摯に向かい合ってくれたならそれでいいんだけど。

ずっと廊下にいるのも変だから、わたしは思考を止めて入室した。

「偉くご機嫌だな、絹川《きぬがわ》」

席に着くと香純《かすみ》ちゃんが声をかけてきた。ほんとは愛海《まなみ》って呼んで欲しいけど、職場だからしょーがない。

「そう見える？」

「ああ。わざわざ声をかけたくなるくらいにはな。何かあったのか？」

「ちょっと昔を思い出しちゃってね〜。わたしも年を取ったな〜って」

「それで嬉しそうにできるとかどれだけ子供気分なんだお前は……」

深刻そうにため息をつく香純ちゃん。婚期でも気にしてるのかな？　わたしがもらってあげるから嘆く必要なんてないのに。

朝の様子を見るに、どうやら姫島《ひめじま》さんは天然姫コースから外れたみたいだ。

気にかけるのは余計なお世話かと思うこともあったけど、彼女が生き生きしていたことがすべてだ。やっぱり物語はハッピーエンドがいい。

けれど、こうして事が済んでから考え直してみると、わたしと姫島さんは一致していたわけではないのかもしれない。

かつてのわたしの軸にあったのは、見られたいという一種の承認欲求。自分の存在を確立させたい一心で自分にも周りにも嘘を吐《つ》いて、ただよく思われようと振舞っていただけにすぎない。

対して姫島さんは何か大事なものを共有すること、それに重きを置いているような気がした。冗談っぽく男子に媚びを売ろうかと発言できたのは、気に入られることに執着がないことの表れだろう。救われ方は一緒なのに、ここまで違うなんてね。

みんな違ってみんないい。もしかしたら、真にわたしに近しい人なんていないのかも。

「ねえ香純ちゃん」

「ん、なんだ？」

「これからずっとポニテなの？」

「そうだな。別に結ばなくても問題ないんだが……こっちに慣れるとどうにもうっとうしく感じてしまう」

「えー。わたし昔の香純ちゃんが恋しいんだけど」

「馬鹿言え。だいたい髪型を戻したところで過去に遡れるわけじゃないだろ」

「香純ちゃん童顔だし、全然平気でしょ。生徒会長の波盾《なみだて》さんと並んだら姉妹に見えちゃうかも」

「その場合どっちが姉になるんだ?」

「うーん……綺麗《きれい》な顔立ちの波盾さんかな」

「……褒美だ。雑務をくれてやる。事務処理でもしてろ」

もう、冗談なのに真に受けちゃって。まあ、そこが可愛《かわい》いんだけど。

基本的にわたしには雑務が回ってこない。だって全部同僚の男性教師がやってくれるから。すこーし助けを求めただけで期待以上の働きをしてくれるのだ。便利……じゃなかった。すごく頼りがいがある。

だけど香純ちゃんは違う。女としてのポテンシャルは高いのに、それを武器にしない。媚《こ》びることがない上に仕事ができるから、結果そこまで若手でもないのに仕事を振られる。不器用なんだ、この人は。見返りを求めず、炎の中にいる人間に手を差し伸べてしまうくらい。そこがたまらなくかっこよくて、変わらず憧憬の念を抱いてしまう。

「いいよ。やるやる」

「……熱でもあるのか?」

「自分から言っておいてひどいなーもう。たまには力になるよ。少しでもね」

「頼もしい限りだ。それがずっと続くのならな」

「残念、期間限定でーす」

こうして同じ職場で昔みたいなやり取りができるなんて、わたしはきっと幸せ者だ。

……いや、過去を思い返せば報われて当然か。うん、それくらいの認識の方がいい。

「今度の休み、お泊りしに行ってもいい？」

「公私混同はよせ。帰り道の話題にとっておくといい」

「はーい」

香純ちゃんはふっと笑うと自らの席に戻っていく。

わたしが教師になったきっかけは間違いなくあの人だ。目標がない時に出会って、それから徐々にあんな風に、人の手を引いて導いてあげられるような存在になりたいって子供みたいな夢を抱いてここまで来た。

その在り方に近づけているのかは正直わからない。でも選んだ道が間違っていないのは、今回の件で再確認できた気がする。もう不安を抱く必要はないのかもしれない。

「……でもやっぱり、雑務はやだなぁ」

画面を眺めながらの単純作業に思わず苦笑する。

まあでも、時間はたっぷりある。のんびりやっていけばそれでいい。

エピローグ❤彼らの場合

これはある日の放課後の一幕。


「待たせたわね」

「ああ。だいぶ待ったな」

「あら、いつもの気遣いはどこへ行ったのよ？」

「捨ててないさ。ただ、お前に見せたって意味がない。それに……お前だって困るだろ、凛《りん》。今更そんなことされても」

「そうね。だいぶ生意気になった俊《しゅん》にはそっちの方がお似合いよ」

水田《みずた》俊と舞浜《まいはま》凛。

現サッカー部部員と元サッカー部マネージャーは誰もいない廊下で顔を合わせた。

「それで、何の用だ？　お互いテスト勉強で忙しいってのに」

「すぐ済むわ。一つ聞きたいことがあるだけだから」

凛は含み笑いをすぐに引っ込め、本題を口にする。その真剣な眼差《まなざ》しは、まるで獲物を狙う鷲《わし》のように、俊をしっかりと捉えている。

「あんたについて流れてる噂《うわさ》。どう処理するつもり？」

「噂？　何のことやら」

気分はアメリカ人。俊は両手の平を上に首を横に振る。あくまでも飄々《ひょうひょう》とした態度を辞さない構えのようだが、凛はそれを許さない。伊達《だて》に一年間、同じ部活に所属していたわけではないのだ。

「確かに表向きにはあんたに伝わってないかもしれないわ。でも、どうせどこかで入手してるんでしょ。さわやかに見えて、実はあんなに用意周到で自分の人気度に目がない俊なら」

違った。凛は一年間共に過ごしても、見破れなかった俊の本性を信用した。果たしてそれは信用と呼んでもいいものか。

「……否定するに決まってるだろ」

俊は凛から逃れ得ないことを理解し、渋々最初の質問に答えた。それに対して凛は目を丸くする。

「意外ね。人気ってやつをものにするチャンスじゃないの?」

「おれがはぐらかしても肯定しても、結局神崎《かんざき》が否定する。その限り噂は噂でしかない。真実にならないなら無意味だ」

「へえ、だから脅して付き合おうとしたってわけ。根回しに余念がないわね」

「褒め言葉として受け取っておく」

「待ちなさい」

カバンを掛け直して、その場を去ろうとする俊を凛が呼び止めた。

「答えただろ。聞きたいこと一つ」

「それはあんたにとってでしょ。あたしはまだそのつもりじゃない」

「暴論だなまったく……」

俊は大きくため息をついた。呆《あき》れと失望が半々に混じったような、そんなため息。

「噂の元って何かわかる?」

「なんだ、お前。今回も止めようとしてるのか?」

「あたしの目的はあんたのさっきの回答で達成されたも同然だわ。これはただの興味よ」

「物好きだな。それに免じて答えてやるよ。おれと神崎が付き合ってるなんて噂が流れだした原因は、おれがこの前の噂の時に神崎をフォローしたからだ。まあ、実際はおれが流した噂を自分で尻拭いしただけなんだが」

「そう。確かにそれなら……待って。その解決方法を指示したのって……！」

凛の頭にある人物の影が浮かぶ。

「ああ、あいつだ。篠宮《しのみや》。篠宮誠司《せいじ》」

そして俊がその影を具体化する。

「どういうこと……？　あいつのことだから噂に繋《つな》がることくらいはわかってるはずなのに……」

凛が思い悩む脇で俊は端的に告げる。

「そんなの単純に噂が流れても困らないからだろ」

「そんなわけないわ……！　だってあいつ……」

「そうだな。きっと神崎とデキてる。でも困るっていうのは二種類ある。公に付き合えなくなるか、自分の彼女が他人の認識下では、俺の彼女になるかだ。秘密に付き合ってんなら後者しかないだろうがな」

俊の言葉が意味していることを凛は感じ取った。

「あいつ……自分のこと計算に入れてないんじゃないの……！」

「まあでも、噂が広まってもおれと神崎が否定して終わるんだ。結局は推測に過ぎないし、謎は謎のままの方がいい時もある」

今度こそとばかりに俊は下駄箱《げたばこ》の方に足を向ける。別れは告げない。きっとまたなんてないから。

「待ちなさいよ」

「そうか、お前が納得するまで終わらないんだったな。でも終わりだ。おれに話に付き合う気はもうない」

拒絶されても凛に怯《ひる》む様子はない。

「じゃあ耳に入れるだけでいいわ。これはおまけだし」

そう切り出して凛は問う。まるでかつてを懐かしむように。

「俊はさ、サッカー部に入ったのも人気のためだったの？　あたし、ボールを追う時はガキみたいに無邪気になるあんたのこと、結構好きだったんだけど」

「…………」

俊は去る。凛はその背中を見送る。同じ方角を向いているのに、彼らの距離はまた広がっていく。

エピローグ❤風の吹くまま

姫島《ひめじま》関連で色々あった月曜から一夜が明けた火曜の放課後。

俺は職員室に寄ってから、部室に向かっていた。廊下の窓から見える、名前も知らない木の樹冠が青々と輝いている。そろそろ露を纏《まと》う回数が増えることを、こいつらは果たして知ってるんだろうか。

ガラガラと引き戸を開ける。

先に来ていた神崎《かんざき》は、無言で自分の向かい側の席に座るよう手で示した。なんか面接みたい。すでに用意されていた椅子に腰かけた。

実際室内の空気も厳粛で重い。換気をしているのにそう感じるのは、きっと目の前に発生源がいるからだろう。

「……テスト結果、返されたね」

「……だな。一位おめでとう」

「……うん。ありがとう」

会話がとてもぎこちない。それは真相をお互いに知らないふりをしているから。互いにもう知っているのに、それでも装っているから。

神崎は結果の書かれている短冊を取り出して、俺の方に差し出してきた。

順位は変わらず一位。そして総合得点は——。

「……ということで、ご褒美の件はなくなりました。それをここにお知らせします」

神崎は親切丁寧な口ぶりで報告の儀を執り行った。はい結構拗《す》ねてますね、これ。

以前に交わした約束——神崎が中間テストで全教科満点を取ったら、何でも俺が言うことを聞く。それは条件を達成できなかったために破談になった。

加えてその事実を二人きりの場でなく、教室であるクラスメイトの「あんた、もう少しで満点じゃない。相変わらずすごいわねー」という感想によって知るという何とも消化不良な展開。神崎が落ち込み、また機嫌を損ねるのも無理はなかった。おのれ舞浜《まいはま》。

「まあ、あれだな。お前でもミスをすることがわかって……その、人間味を感じた」

フォロー下手か。駄目だ、こういう時どうしたらいいのかがわからん。

正直俺も驚いている。元々才能のあるやつがさらに努力を惜しまなかったのだ。間違いなく神崎なら満点を取ると、そう確信していたから。これで報われないなら、もう世界のつくりが間違っていると言わざるを得ない。

立ち上がって椅子を運ぶ。神崎の隣に置いて腰を下ろした。

「励ますくらいならできるんだが……必要か？」

こくりと神崎は頷《うなず》くだけで希望は言わない。あくまでも俺が主体みたいだ。

「膝枕でも……するか？」

どうせなら新鮮なことをしてみたい。してやりたい。その一心で至った一つの結論。

「……いいの？」

「……どうぞ」

答えると、神崎はゆっくり俺の膝に頭を着地させた。ズボンが夏服で薄手だから、くすぐったくてその瞬間変な声が出そうになったのは秘密。

「どんな感じ？」

「うーん……落ち着く？」

「それ肩の時も言ってたじゃん……」

新鮮さゼロ～。

「だって深く考えたくないんだもん。雑念になっちゃうでしょ」

「そんなお坊さんみたいな」

でもお気に召してくれたようだ。俺も心が軽くなってつい頭へ手が伸びてしまう。

──予想以上にペット感がすごい。

それが撫《な》で始めてからある程度時間が経《た》って抱いた感想だった。

手の平に伝わってくる体温と膝全体で感じる息遣い。そして何よりも信頼を実感する安らかな寝顔。可愛《かわい》すぎか。ペット飼うより何倍もいいぞ。ペット飼ったことないけど。

「神崎」

「んー？」

よかった起きてた。

「参考までに俺に何をさせる気だったか、聞いてもいいか？」

ご褒美の詳細を訊《たず》ねる。このまま迷宮入りというのももったいない。

「話を聞いてもらう」

しれっと出てきた回答に耳を疑う。

「……それが褒美？」

「うん。……まあ、そもそも篠宮《しのみや》と私で前提が違うから、わからないのも無理ないよ」

「前提……？　なんだよ、それ」

「私はただ口実が欲しかったの。その話を聞いてもらうための。だから条件を自分で設定した。乗り越えるべき障害としてね」

「なんでわざわざそんな回りくどいことを……」

「自分を裏切るんだもん。それくらいはするよ」

自分を裏切る。またも興味深い文言が出てきた。俺がいくら考えても考えても、答えを出せない難問だ。

「実はテスト、本当は満点取れたんだよね」

「まあ、そうなんだろうとは頭の隅で思ってた」

だからこうして励まそうと思ったのだ。励まして、寄り添って、詳細を聞くのが目的。

「驚かないんだ？」

「どっちかっていうと、なんでその選択をしたのかってところに興味が行く。話を聞く限りあれか？　自分を裏切るのに抵抗があったとかか？」

「ううん。そうじゃない。ただ、国語の問題に感化されちゃってね」

机の上に置いたままのテスト結果に目をやると、その国語を除けば全教科満点であった。減点的に記述問題でわざとミスをした——解かなかったことが予想できる。

今回の現代文は端的に恋愛物語だった。中学生の男女の青春模様。それに感化されたということは、神崎のしようとしていた話の内容もそれに少なからず関わっているんだろう。

ということはジャンルは恋バナ……関係が関係だけに聞かないわけにはいかない。

「話してくれないか?」

「それって……根本的なご褒美の話?」

「ああ。気になる」

「そう言われてもね……なんか反則感が否めないというか……」

変に律儀なのは実に神崎らしい。だから彼女を納得させるのが、要望を口にした俺のやるべきことだ。

「元々俺は、あの時あの場で話を……言うことを聞いてやるつもりだった。だからあんな約束、破っていい」

「……じゃあ過去の私は? 許してくれないかもよ?」

俺の意図に気づいたのか、神崎の口調が挑発的になる。……乗ってやろうじゃねえか。

「過去っていつだ?」

「うーんと……先月。もっと詳しく言うなら……初デートの日かな」

あのコンビニデートの時か。……あいつにも会った。

「それなら問題ない。俺の彼女だ。彼氏の俺が説得する」

「………かっこいいじゃん」

ぽつりと恥ずかしげに呟《つぶや》いた神崎。顔を俺と同じ方向に向けているため表情が見れないのが惜しいが、多分俺も言われ慣れない褒め言葉に少し動揺していると思うのでこれでいい。ある意味痛み分けだ。

「わかった。そこまで言われたら話すよ」

神崎は俺の膝から顔を離すと、元の姿勢に戻った。そして椅子を半回転。隣に座る俺が正面に来るように設定した。

「ほら、篠宮もこっち向いて。向き合うよ」

「ええ……」

半ば強引に、同じく席が半回転。宣言通り、目の前には神崎。……机が間にないからなんか落ち着かない。

待ちながらそわそわしていると、神崎はやがて口を開いた。

「篠宮は自分で言ってたけど、私の彼氏なんだよね？」

「そう……だけど」

いつもより気迫を感じる……。モード切替みたいなのがあるのかしら。

「じゃあなんでかぐやちゃんに、必要以上に優しくするの。なんで私の前なのに普通に腕抱かせてんの。なんであの子の胸をちらちら——」

「ちょ、待った！　一回落ち着け！　勢いが激しい……」

「……ごめん」

神崎も冷静になってくれたのか、反省気味に視線を逸《そ》らして俯《うつむ》いた。

神崎にしてはらしくない。反応も……話の内容も。

「お前……もしかして嫉妬？」

「…………だめ？」

「っ！　いや、駄目というかなんというか……嫉妬とは無縁なんじゃないのか？」

基本的に何でもできる神崎は、嫉妬という名の劣等感など抱かない……と思っていたし、実際したことないってこいつの口から聞いた記憶がある。

「……篠宮のせいだよ。篠宮がかぐやちゃんとイチャイチャするから」

ぷいっと神崎は照れ隠しに明後日《あさって》の方を向いた。

……まじか。正直めちゃくちゃ嬉《うれ》しいんだけど……別にイチャイチャしていた憶《おぼ》えはないんだよなぁ。正直これでも結構一途《いちず》のつもりだったんだけど。

「……悪かった。誤解させるようなことして」

素直に頭を下げるとぽんぽんと頭を叩《たた》かれる。

「許してあげましょう。その代わり……この感情の責任は取ってね」

いたずらっぽく笑う神崎に思わず苦笑してしまう。

「善処する」

「よし。なら早速さっきの続きー」

今度は二回目だからか、スピードを上げてまるでダイブするかのように、膝に頭を乗せてきた。慎重に椅子の向きを戻してから、何か言われる前に俺も撫でるのを開始した。

それから約十分ほどが経って。

「そういえば、かぐやちゃん遅いね。まあ、おかげでこうして膝枕ができてるんだけど」

神崎が不思議そうに呟いた。……仲良くなった直後で申し訳ないが、ここは伝えておくか。きっと、この選択は間違ってなどいないんだから。

「神崎……その」

「――いや～、さすがにイチャイチャしすぎじゃないですか？　先輩方」

ゆっくりと音を立てずに開いたドア。そこにいたのは姫島だった。

「「…………！」」

二人分の声にならない声。羞恥が全身を熱くさせる中、元の自然な距離感へと戻った。

「か、かぐやちゃん、こんにちは～」

「どうも～、琴音《ことね》先輩」

「………」

どうしてここに？　視線での問いかけが通じたのか否か。姫島はふふんと笑っていつもの要領で部室に足を踏み入れた。

「ドアの小窓からこっそり覗《のぞ》いてたんですけど、限度ってものがありますよ、限度。普通隠してるのに、見られたらバレるようなことします〜？」

「かぐやちゃん……もしかして知ってる？」

「はい。先輩から聞いたので。ね、先輩」

こちらを見てウインク。……なんか前より厄介な感じなのは気のせい？

とにかく今はこいつの対処だ。神崎に隠す気がないみたいなので、俺も立ち上がりそのスタイルで行く。

「なんで来た。来なくていいって言ったよな？」

「『来なくていい』じゃないですか。来ちゃ駄目なんて言われてません」

「社交辞令も知らないのか。それに、これはお前のためだ」

「わたしのため……ですか。具体的には？」

「具体的って……そりゃあ……」

神崎を視線で示して、言わせんなとニュアンスを込めて伝える。こいつだってわかってるはずだ。

「もしかして、わたしが先輩に振られたから。そして先輩と琴音先輩はカップルだから、気まずく感じる……ってことですか？」

わかってなかった。挙句全部言葉にしやがった。

「振られた……？　二人とも、それってどういうことかな？」

「言葉通りの意味です。あ、別に未練たらたらでここにいるってわけじゃないですので」

「ふーん……篠宮、報連相って知ってる？」

「俺はお浸しが好きです」

神崎は俺の回答に「はあ……」と呆《あき》れた。よかった多分大丈夫。普段から呆れられてきてよかった。（よくない）

今はそれよりも、だ。

「結局、お前は何のためにここにいるんだ？」

ここまで神崎や俺と普通に接してる時点で、こいつに気まずいという感情はないのだろう。

「簡単ですよ。ていうか言ったじゃないですか」

姫島は得意の含み笑いを浮かべてから、両手を広げた。まるでこの空間を肌で感じるように。

「わたしは単純に文芸部《ここ》が好きです。琴音先輩も玉枝《たまえだ》さんも好きです。先輩だって届かなかった思いとは別に、大好きです。だからここに来ました。そしてこれからもここにいます」

姫島の言葉に呼応するかのように、部屋のカーテンが風でゆらゆらと揺れる。

「これでもまだ、伝わりませんか？」

無邪気に笑って問うてくる姫島。やっぱり似合うな、そっちの方が。

「……十分だ」

「ふふ、それならよかったです」

「でも、今日はなんで遅かったの？」

神崎の疑問は確かに的を射ている。

「実は……ずっと二人のやり取りを見てた──」

「「…………！」」

「わけないじゃないですか〜」

あははと俺たちを嘲る姫島。心底楽しそうにしやがって……。

「玉枝……蓬莱《ほうらい》先生から『告スペ』の二巻の構想を聞いてたんです。だから遅くなりました」

姫島がそう言い終わるより前に、神崎はがたっと椅子を鳴らした。

「え、二巻出るの⁉ やったー！」

「せっかくですし、琴音先輩も聞きに行きます？」

「行く行く！」

「先輩は？」

ドアの前で姫島と神崎がこちらを見ている。一名に関してはうずうずしてる。

「俺は遠慮しておく。ネタバレになりそうだしな」

「先輩らしいですね。じゃ、行きましょうか琴音先輩」

二人は並んで部室を後にする。それを見送ってから席に着いた。

五月の気持ちいい風ももうじき吹き終わる。たまには一人でじっくり楽しむのも風流というものだろう。

あとがき

こんにちは、七星蛍《ななほしほたる》です。二巻から手に取るような物好きの方ははじめまして。そうでない方はお久しぶりですね。また会えて嬉《うれ》しいです。

二回目のあとがきということで、一巻では叶《かな》わなかった埼玉の魅力について、今度こそ語ろうと思いましたが、四ページあるのでやめます。四ページ分も魅力ないです。むしろ特筆すべきものがないのが魅力。

ただ、これについては僕の知識不足も否めないので、もう少し色んな場所を見てからもう一度考えようと思います。人生は冒険らしいですから。

ということで、ここからは今巻の裏話でも。

ヒロインの一人、姫島《ひめじま》かぐやに焦点を当てた今巻ですが、実は苦戦したポイントが多々ありまして……。

それに関して少しお話しできればと思います。本邦初公開です。（言いたいだけ）

それは序盤のゴールデンウィークのお出かけ場面。休みの日に外に出るなんて、誠司《せいじ》はインドアの風上にも置けない野郎ですね。しかも女の子と。爆《は》ぜればいいのに。

本作は実在の地名を使っているので、彼ら登場人物の移動範囲というのは、必然的に僕の知っているところに絞られます。つまり実際に足を運び、五感でその場の雰囲気を把握することができるのです。人はこれを取材と呼びます。一気にそれっぽくなった。

そんなわけで、例のシーンの執筆にあたり、埼玉が誇る大都会に繰り出そうとしたわけですが、社会情勢の影響でそれは実行できませんでした。

ですので、あの場面はほとんど想像で補われています。しかし、1を100にしようと頑張ったのであって、0を1にしたわけではないのでそこは悪《あ》しからず。

……ページ数的に余裕があるので、もう一つくらいいきますか。

姫島かぐやを描写するにあたり、付属してきた三名（ほぼ一名）について。有り体に言えば、オタクコンテンツに理解を示さない少女たちに関してです。

こうしてラノベを書いているくらいですから、僕もかぐや同様オタクなわけですが、周りに恵まれたのか、本気の嫌悪というのを向けられたこともなければ、対立したこともありません。中学の頃に表紙を見られてからかわれたことはありましたが、今やその片棒であったIくんは僕を超えるオタクになりつつあるくらいです。違う意味で張り合いが出てきました。

そのため、リアリティという面でめちゃくちゃ思い悩みました。一晩費やしたほどです。

表紙見ただけできもいなんて言えます……？　エモいの間違いじゃないの……？

しかし人の価値観というのは多種多様であり、今回はそれについて見聞を広めるいい機会になったなーとポジティブな感じでまとめたいと思います。

……気分はまるで、薬物乱用防止教室の感想用紙を埋めているみたいでしたが、裏話もここいらで締めたいと思います。


ここからは謝辞を。

まずは担当のK様。

優しさに甘える形で原稿を引き延ばし続けてしまって、申し訳ありませんでした。進捗を送る度に返ってくる感想がなければ、もしかしたら途中で折れていたかもしれません。ありがとうございます。僕みたいなタイプはダメ出しも必要だと思うので、次があればまたよろしくお願いします。

次にイラストの万冬《まふゆ》しま先生。

これを書いている瞬間、先生のイラストを一つとして目にしていませんが、今回も素晴らしい画《え》で物語を彩ってくれたことは想像に難くありません。かぐやの八重歯は天才の発想です。本当にありがとうございます。

最後に、この本を出版するにあたり関わってくれたすべての方々、並びに手に取っていただいた読者様。感謝してもしきれません。ありがとうございます。

ちなみに本作『クラスで一番の彼女、実はボッチの俺の彼女です』の略称は、ツイッターでアンケートを取った結果、『かのかの』になったので以後お見知りおきを。ひらがなでかのかのです。可愛《かわい》いでしょう？

皆さんの手で広めてもらえたら嬉しい限りです。

それでは、またかのかのの世界で会えることを期待して、二回目のあとがきを締めたいと思います。この分だと、こなれた感じになるのはもう少し回数を重ねてからですね。

七星　蛍

クラスで一番《いちばん》の彼女《かのじょ》、実《じつ》はボッチの俺《おれ》の彼女《かのじょ》です２

著　七星《ななほし》 蛍《ほたる》

角川スニーカー文庫　22194

2020年６月１日　初版発行

発行者　三坂泰二

発　行　株式会社KADOKAWA
〒102-8177 東京都千代田区富士見2-13-3
電話　0570-002-301（ナビダイヤル）

印刷所　株式会社暁印刷
製本所　株式会社ビルディング・ブックセンター

※本書の無断複製（コピー、スキャン、デジタル化等）並びに無断複製物の譲渡および配信は、著作権法上での例外を除き禁じられています。また、本書を代行業者等の第三者に依頼して複製する行為は、たとえ個人や家庭内での利用であっても一切認められておりません。

※定価はカバーに表示してあります。

●お問い合わせ
https://www.kadokawa.co.jp/（「お問い合わせ」へお進みください）
※内容によっては、お答えできない場合があります。
※サポートは日本国内のみとさせていただきます。
※Japanese text only

©Hotaru Nanahoshi, Shima Mafuyu 2020

Printed in Japan　ISBN 978-4-04-109172-2　C0193

★ご意見、ご感想をお送りください★
〒102-8177 東京都千代田区富士見 2-13-3
株式会社KADOKAWA　角川スニーカー文庫編集部気付
「七星 蛍」先生
「万冬しま」先生

［スニーカー文庫公式サイト］ザ・スニーカーWEB　https://sneakerbunko.jp/

角川文庫発刊に際して

角　川　源　義

第二次世界大戦の敗北は、軍事力の敗北であった以上に、私たちの若い文化力の敗退であった。私たちの文化が戦争に対して如何に無力であり、単なるあだ花に過ぎなかったかを、私たちは身を以て体験し痛感した。西洋近代文化の摂取にとって、明治以後八十年の歳月は決して短かすぎたとは言えない。にもかかわらず、近代文化の伝統を確立し、自由な批判と柔軟な良識に富む文化層として自らを形成することに私たちは失敗して来た。そしてこれは、各層への文化の普及滲透を任務とする出版人の責任でもあった。

一九四五年以来、私たちは再び振出しに戻り、第一歩から踏み出すことを余儀なくされた。これは大きな不幸ではあるが、反面、これまでの混沌・未熟・歪曲の中にあった我が国の文化に秩序と確たる基礎を齎らすためには絶好の機会でもある。角川書店は、このような祖国の文化的危機にあたり、微力をも顧みず再建の礎石たるべき抱負と決意とをもって出発したが、ここに創立以来の念願を果すべく角川文庫を発刊する。これまで刊行されたあらゆる全集叢書文庫類の長所と短所とを検討し、古今東西の不朽の典籍を、良心的編集のもとに、廉価に、そして書架にふさわしい美本として、多くのひとびとに提供しようとする。しかし私たちは徒らに百科全書的な知識のジレッタントを作ることを目的とせず、あくまで祖国の文化に秩序と再建への道を示し、この文庫を角川書店の栄ある事業として、今後永久に継続発展せしめ、学芸と教養との殿堂として大成せんことを期したい。多くの読書子の愛情ある忠言と支持とによって、この希望と抱負とを完遂せしめられんことを願う。

一九四九年五月三日

WEB発、
サラリーマン×JKの
同居ラブコメディ。
しめさば
イラスト／ぶーた
ひげを剃る。そして女子高生を拾う。
5年片想いした相手にバッサリ振られた冴えないサラリーマンの吉田。ヤケ酒の帰り道、路上に蹲る女子高生を見つけて——「ヤらせてあげるから泊めて」家出女子高生と、2人きり。秘密の同居生活が始まる。
好評発売中！
スニーカー文庫

継母《まま》の連れ子《Tsurego》が元カノ《Motokano》だった
Mamahaha
母《はは》
「昔の恋が終わってくれない」
紙城境介
イラスト／たかやKi
好評発売中！
実はまだ好き同士な元カップルが親の再婚できょうだいに!?
第3回カクヨムWeb小説コンテスト《大賞》ラブコメ部門
「僕が兄に決まってるだろ」「私が姉に決まってるでしょ?」親の再婚相手の連れ子が、別れたばかりの元恋人だった!?　“きょうだい”として暮らす二人の、甘くて焦れったい悶絶ラブコメ——ここにお披露目!
スニーカー文庫

カノジョに浮気されていた俺が、
小悪魔な後輩に
懐《なつ》かれています
My coquettish junior attaches herself to me!
御宮ゆう
イラスト えーる
からかわないと、
照れくさいから。
ちょっぴり 大人の青春ラブコメディ!
特設ページはコチラ!
しがない大学生である俺の家に、一個下の後輩・志乃原真由が遊びにくるようになった。大学でもなにかと俺に絡んでは、結局家まで押しかけて——普段はからかうのに、二人きりのとき見せるその顔は、ずるいだろ。
第4回
カクヨム
web小説コンテスト
《特別賞》
ラブコメ部門
スニーカー文庫

侯爵令嬢の借金執事
Marchioness Emilia's Butler Jack is deep in debt
許嫁になったお嬢様との
同居生活がはじまりました
執事ってこんな幸せライフ送っていいの!?
Riku Nanano
七野りく
Illustration / mmu
親の借金を支払わせられることになった不幸な少年ジャック。侯爵と交渉し、何とか令嬢エミリアの許嫁兼執事となることで当面の危機は回避するが、彼女もまた、ジャックと恋仲になる為に行動を起こし始め——？
スニーカー文庫

陰に隠れてた俺が
魔王軍に入って
本当の幸せを掴むまで
松尾からすけ
illust＝riritto
本当の幸せは
魔王軍《ココ》に
ありました
完全無欠の親友の陰に隠れて実力を出し渋っていたクロは、ある日魔王軍に引き抜かれることに。"本気"を出して魔王軍の改革を進めたり、サキュバスの秘書や魔族幼女と暮らすうち居心地がよくなってきて……！
特設ページは▼コチラ！▼
スニーカー文庫

超人気WEB小説が書籍化！
最強皇子による縦横無尽の
暗躍ファンタジー
最強出涸らし皇子の
暗躍帝位争い
無能を演じるSSランク皇子は皇位継承戦を影から支配する
タンバ イラスト 夕薙
無能・無気力な最低皇子アルノルト。優秀な双子の弟に全てを持っていかれた出涸らし皇子と、誰からも馬鹿にされていた。しかし、次期皇帝をめぐる争いが激化し危機が迫ったことで遂に“本気を出す”ことを決意する！
スニーカー文庫

落第賢者の学院無双
～二度転生した最強賢者、400年後の世界を魔剣で無双～
白石 新
Illustration
魚デニム
絶望から400年――
世界は最強賢者に跪く！
シリーズ好評発売中！
スニーカー文庫

終末なにしてますか？ もう一度だけ、会えますか？

Akira Kareno
枯野 瑛　illustration ue

「終末なにしてますか？ 忙しいですか？ 救ってもらっていいですか？」に続く、次代の黄金妖精《レプラカーン》たちによる新章開幕！

〈人間〉は規格外の〈獣〉に蹂躙され滅びた。〈獣〉を倒しうるのは、〈聖剣《カリヨン》〉を振るう黄金妖精《レプラカーン》のみ。戦いののち、〈聖剣〉は引き継がれるが、力を使い果たした妖精たちは死んでゆく。「誰が恋愛脳こじらせた自己犠牲大好きよ!」「君らだ君ら！　自覚ないのかよ自覚は!」廃劇場の上で出会った、先輩に憧れ死を望む黄金妖精と、嘘つき堕鬼種《インプ》の青年位官の、葛藤の上に成り立つ儚い日常。

シリーズ絶賛発売中！

スニーカー文庫

スーパーカブ

トネ・コーケン
イラスト：博

ひとりぼっちの女の子と、世界で最も優れたバイクの、青春。

山梨の高校に通う女の子、小熊。両親も友達も趣味もない、何もない日々を送る彼女は、中古のスーパーカブを手に入れる。初めてのバイク通学。ガス欠。寄り道。それだけのことでちょっと冒険をした気分。仄かな変化に満足する小熊だが、同級生の礼子に話しかけられ――「わたしもバイクで通学してるんだ。見る?」

シリーズ好評発売中!
Super Cub

スニーカー文庫

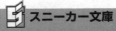

このすば
暁なつめが描く、
もう一つの異世界コメディ！
戦闘員、派遣します！
戦闘員、派遣します！
暁なつめ
NATSUME AKATSUKI
ILLUSTRATION
カカオ・ランタン
KAKAO LANTHANUM
シリーズ好評発売中！
全世界の命運は——
悪の組織に託された!?
スニーカー文庫

「」カクヨム
2,000万人が利用!
無料で読める小説サイト
イラスト：スオウ
カクヨムでできる
3つのこと
What can you do
with kakuyomu?
2
読む
Read
有名作家の人気作品から
あなたが投稿した小説まで、
様々な小説・エッセイが
全て無料で楽しめます
1
書く
Write
便利な機能・ツールを使って
執筆したあなたの作品を、
全世界に公開できます
3
伝える
つながる
Review & Community
気に入った小説の感想や
コメントを作者に伝えたり、
他の人にオススメすることで
仲間が見つかります
会員登録なしでも楽しめます!
カクヨムを試してみる
「」カクヨム https://kakuyomu.jp/
カクヨム
検索